북상증후군

기유나 토토 장편소설
박주아 옮김

북상증후군

차례

제1장

북위 34도

끝의 시작

예상하지 못한 사건이 발생하면, 사람들은 얼어붙는다고 한다.

나는 머릿속이 새하얘져 그저 멍하니 서 있었다. 겨우 숨을 쉬고 있다는 사실을 깨달았지만, 나 자신의 가쁜 숨소리를 듣는 것 말고는 할 수 있는 일이 없었다. 무력했다.

쇼핑몰로 이어지는 상점가의 가게들, 그 옆으로 나 있는 통로를 쭉 따라가면 직원 전용 입구가 나온다. 그 안은 어두컴컴하고 먼지가 가득 쌓여 있어서 마치 역사 속으로 사라져버린 시공간처럼 느껴지고는 했다. 직원용 입구의 안쪽에 있는 복도 구석에는 출입문이 하나 있었고, 그 옆

으로 에어컨 실외기와 수북이 쌓인 종이 상자들이 무질서
하게 놓여 있었다.

짧은 문장이 쓰인 A4용지가 문에 붙어 있었다. 컴퓨터
로 타이핑된 것이었다. 나는 그 문장의 의미를 이해하고
자 종이에 적힌 글귀를 다시 한번 읽어보았다.

임직원 여러분께.

주식회사 LOVE3은 제반 사정으로 인해 2월 28일 부로 폐
업하게 되었음을 알려드립니다.

관련 서류는 추후 발송될 예정이니 자택에서 대기해주시
기 바랍니다.

—대표이사 키마타 세이코.

넓은 여백이 인상적인 A4용지에는, 어젯밤에 내렸던
비가 스며든 모양인지 얼룩덜룩한 빗자국이 그대로 남아
있었다.

"거짓말… 이지?"

아침에 출근했더니 회사가 망해 있었다, 라니. 이런 건
드라마에서나 있을 법한 이야기가 아니었던가.

이건… 꿈인가? 문에 붙어 있는 도어락 장치에 비밀번

호를 입력해보았지만 번호가 변경된 모양인지 열리지 않았다.

만우절 장난이라고 하기엔 시기가 너무 이르고, 단순한 장난이라고 보기엔 지나치게 악질적이었다. 조금 전까지 새하얗던 머릿속이 점차 암흑에 휩싸이고 있었다.

어쩌면 정문 쪽에 다른 공지문이 있을지도 모른다. 혹시나 싶어 돌아가보았지만 닫혀 있는 셔터엔 아무것도 붙어 있지 않았고, 상단에 자리한 '액세서리 LOVE3'의 간판도 평소와 다르지 않았다.

다시 뒷문으로 돌아가려고 발걸음을 옮기는 순간이었다.

"코토하."

누군가가 내 이름을 불렀다. 오가사와라 나츠미였다. 나츠미는 눈썹을 찌푸린 채 긴 머리를 쓸어 올리며 이쪽으로 걸어오고 있었다.

"마침 물어볼 게 있는데, 나츠미……."

"망했네."

나츠미가 붉은 입술을 일그러뜨리며 뒷문 쪽으로 걸어나갔다.

"응, 나도 방금 확인했는데……."

뒤를 쫓으며 말하는 내게, 등을 보인 채로 한숨을 내쉬는 나츠미였다.

"좀 전에 주임한테 연락받았어. 역시 소문이 진짜였구나……."

"소문이라니?"

아직까지 뒷문에 다른 직원들의 모습은 보이지 않았다. '직원들'이라고 했지만, 사실은 직원을 전부 다 합쳐도 열다섯 명이 고작이었다. 게다가 아르바이트들이 직원의 절반을 차지했다. 그 정도로 규모가 작은 회사였다.

LOVE3의 상품은 다양하지는 않지만 전속 디자이너가 디자인한 오리지널 액세서리만을 판매하는 샵이다. 열성팬들이 있긴 하지만, 시중에 판매되는 상품보다 가격이 비싸기 때문에 고객의 수가 많지는 않았다. 입사하기 전에는 어느 연예인이 약혼반지를 주문해서 약간의 화제가 되기도 했다. 하지만 유행이라는 거대한 파도를 만들어내지는 못했다고 한다.

그렇지만 이 정도로 경영 상태가 나빴을 줄이야…….

"최근에 회사가 파산할지도 모른다는 소문을 들었거든. 거래처에서 들은 정보였는데, 아무리 그래도 이렇게 빨리 망할 줄은 몰랐네."

나는 여전히 이 상황이 받아들여지지 않았다.

"파산? 그러니까, 폐업이라는 게 그런 뜻인 거야?"

"뭐. 같은 맥락으로 볼 수 있겠지."

"그럼… 지난주에 계약한 시이나 씨의 결혼반지는 어쩌면 좋지?"

여러 번 방문하며 고심한 끝에 주문한 다이아몬드 반지… 결혼식 일정이 얼마 남지 않아 시간이 매우 촉박했던 것으로 기억한다.

"본인 회사가 사라지게 생겼는데 그 사람을 걱정하는 거야? 그건 사장이 알아서 다른 업체를 소개해줄 테니까 괜찮을 거야."

나츠미가 눈을 가늘게 뜨며 말했다. 나의 말을 이해할 수 없는 모양이었다. 나는 평소처럼 완벽하게 화장한 나츠미를 보며 "그렇지만……" 하고 중얼거렸다.

나츠미의 머리카락이 찰랑거렸다. 어깨까지 오는 머리를 대충 늘어뜨린 나와는 달랐다. 나는 미용실에도 자주 가지 않았고, 화장도 베이스만 조금 바르고 마는 성격이었다.

"코토하, 지금 그런 걸 신경 쓸 때가 아니야. 앞으로 어떻게 살지 고민해야 해."

"아… 그렇지."

"망할, 타이밍이 정말 최악이잖아, 2월 말이라니. 지금은 어디든 신규 졸업자*를 채용할 거라고."

나츠미가 짜증스럽게 말했다. 하지만 나의 머릿속에는 시이나 씨가 결의에 찬 표정으로 계약서에 서명하던 모습만이 떠올랐다. 누가 언제쯤 그에게 연락을 해줄까……

다시 한번 문에 붙어 있는 종이를 바라보았다. 나츠미도 팔을 꼬고서 종이를 노려보고 있었다.

"집에서 대기하라는 거네. 쳇, 이럴 줄 알았으면 유급 휴가를 더 쓸 걸 그랬어."

분하다는 듯이 말을 쏟아낸 나츠미는, 회사가 사라진다는 사실을 벌써 받아들인 것처럼 보였다. 그러나 나는 마음이 점점 더 무거워지기만 했다.

입사한 지 2년밖에 되지 않았으니 퇴직금은 얼마 되지 않을 게 분명했다. 하지만 애초에 파산했다는 건 돈을 지불할 능력이 없다는 뜻일 테니까……

나는 아스팔트 바닥으로 시선을 떨어뜨렸다. 그런 나에게 나츠미가 말했다.

"어쩔 수 없지. 실업수당을 받으면서 구직활동을 하는

---

* 일본의 기업에는 대학교 졸업 예정자만을 채용하는 전형이 있다.

수밖에."

"실업수당?"

"회사 사정 때문에 폐업한 거니까, 신청만 하면 바로 실업수당을 받을 수 있을 거야. 아마도… 기본급의 60% 정도겠지. 월급만큼은 아니겠지만, 아무것도 받지 못하는 것보다는 나으니까."

"그렇구나… 곤란하네."

회사를 다닐 때도 경제적으로 여유롭지는 않았는데, 앞으로 어떻게 살아가야 하는 걸까. 현실이 아니라고 믿고 싶었다.

"아까 주임이 알려줬는데, 조만간 집행관이 오면 개인 물품을 정리할 수 있을 거래. 아무리 그래도 이런 종이 쪼가리 한 장으로 끝내버리다니. 하여튼 이 회사의 사장, 처음부터 정말 마음에 안 들었어!"

나츠미는 A4용지 맨 아래에 적힌 사장의 이름을 가리키며 말했다. 나츠미는 사장님과 자주 대립하고는 했다. 내 기억이 맞다면 말이다. 반면에 나는 입사 이후로 사장님과 거의 말을 나누지 않았다. 40대인 사장님은 사무실에 거의 나타나지 않았고, 가끔 한 번씩 오더라도 주임을 통해서만 지시 사항을 전달했기 때문이었다.

그랬던 것도 먼 과거의 일처럼 느껴졌다.

"차라도 마시러 갈래?"

그렇게 권유하는 나츠미에게 뭐라고 대답했더라. 기억이 나지 않았다.

정신을 차리고 보니 역을 향해 걸어가고 있었다. 출근하는 사람들의 행렬을 거스르듯 반대 방향으로 걷고 있자니, 마치 학교를 땡땡이친 학생이 된 것만 같았다. 스멀스멀 죄책감이 밀려드는 동시에, 자유로워졌다는 해방감도 들었다.

"요시다 씨, 안녕하세요."

건너편에서 나를 부르는 소리가 들렸다. 아르바이트로 일하는 직원이었다. 하지만 나는 못 들은 척 걸음을 빨리했다. 나로서는 어떻게 설명해야 할지 모르겠고, 나츠미의 말에 따르면 알바생들에게는 주임이 따로 설명할 거라고 했으니까.

어쩐지 피하는 모양새가 된 것이 싫었지만, 상사의 입장이 아니어서 다행이라는 생각도 들었다.

역 안으로 들어서자 갑자기 카이토가 생각났다. 그러고 보니 오늘 유급 휴가를 쓴다고 했지……. 이유를 들었던 것 같은데 기억이 나지 않았다. 당장이라도 전화를 걸고 싶었지만 일단은 집으로 돌아가는 게 먼저였다.

고베로 이주한 지 2년이 지났다. 처음 이 도시에 왔을 때는 꿈을 이루겠다는 희망에 부풀어 있었다. 액세서리를 좋아하는 내가 이 회사에 입사한 것은 최적의 선택이었다고 생각한다. 아니, 생각했다.

흔히들 '도시는 도떼기시장 같다'며 불평하고는 한다. 틀린 말은 아니지만, 이곳은 내가 스스로 선택한 곳일뿐더러 막상 와보니 기후도 좋아서 다른 불만은 없었다.

지하철을 환승하여 마침내 집 근처 역에 도착했고, 그곳에서 다시 버스를 갈아타고 집으로 향했다.

근무할 때는 대낮에 집에 돌아갈 일이 없었기에 이상한 기분이 들었다. 2월의 마지막이 가까워지자 이 도시의 날씨도 온화해졌다. 오늘은 아파트 계단 난간이 살짝 따뜻할 정도였다. 방에 들어가자마자 정장 차림 그대로 카이토에게 전화를 걸었다.

카이토와는 회사에서 만났다. 처음에는 다가가기 어려운 선배라고 생각했지만, 그도 나처럼 삿포로 출신이라는 걸 알게 된 뒤부터는 달라졌다. 그로부터 얼마 후, 나는 그와 연애를 하게 되었다.

카이토는 무뚝뚝한 성격이었다. 그러나 가만히 들여다

보면, 그에게도 다정한 면모가 있었다. 나는 그게 좋았다. 그와 함께 있으면 즐거웠다. 무엇보다 카이토의 곁에서는 나다움을 잃지 않고 자연스럽게 지낼 수 있었다.

하지만 반년 전, 카이토는 느닷없이 회사를 그만두고 삿포로로 돌아가겠다고 말했다. 계기는 아버지의 수술이었다. 그의 결심은 완고했다.

그 이후로는 흔히 말하는 '장거리 연애'의 시작이었다. 누군가는 정말로 사랑한다면 장거리 연애도 괜찮다고 말하겠지만, 고베와 삿포로는 너무나 멀리 떨어져 있었다. 고작 반년 사이에 불안한 마음이 몇 번이나 들었는지 셀 수도 없을 정도였다.

거리가 먼 탓일까. 카이토의 다정한 말도 가끔은 차갑게 느껴지고는 했다. 응어리가 남은 채로 전화를 끊는 일도 있었다.

그럼에도 나는 여전히 카이토를 좋아했다. 그도 나와 같은 마음일 것이다. 아니, 그렇게 믿고 싶다. 하지만 내가 아무리 되뇌어도 나의 마음은 불안이라는 파도에 거칠게 휩쓸렸고… 그런 일상의 연속이었다.

휴대폰 너머로 낯선 노래가 들려왔다. 항상 흘러나오던 통화 연결음과 다른 노래였다. 기다림 끝에 노래가 끊겼다.

"지금 고객님께서 전화를 받을 수 없습니다. 잠시 후 다시 거시길 바랍니다."

나는 어쩔 수 없이 통화를 끊었다. 그리고 카펫 위로 몸을 뉘었다.

"회사가 망해버렸어……."

멍하니 천장을 올려다보았다. 회사가 망했다는 사실이 아직은 실감 나지 않아서인지, 감상적인 기분에 빠져들지는 않았다.

만약 어머니에게 이 소식을 말한다면, 고향으로 돌아오라고 할 것이 틀림없었다. 전업주부인 어머니는 내가 회사 일에 열중하는 게 이해되지 않는 모양이었다. 최근에는 아버지의 건강 상태도 좋지 않은 듯 보였고…….

몸을 일으켰다. 창문을 열어젖히자 방 안으로 차가운 바람이 들어왔다.

삿포로에 가고 싶은 마음은 있었지만, 회사 특성상 연차를 붙여 쓰기가 어려워 타이밍을 놓치기 일쑤였다. 게다가 카이토와 나의 휴가 일정은 도통 겹치지를 않았다.

휴대폰이 진동하며 울리기 시작했다. 전화벨 소리 덕분에 카이토에게 걸려온 것이라는 걸 단번에 알 수 있었다. 나는 휴대폰을 귀에 가져다 대었다.

"무슨 일이야?"

다짜고짜 그렇게 말하는 카이토의 목소리는 어쩐지 살짝 가라앉아 있었다.

"미안해. 지금 바빠?"

밖에 있는 걸까. 거리에서 날 법한 소란스러운 소리가 들려왔다.

"볼일이 있어서 밖에 나와 있어."

"그렇구나. 저기, 있잖아… 잠깐 통화할 수 있을까?"

그때, 휴대폰 너머로 여자의 웃음소리가 들려왔다.

순간적으로 스피커 부분이 무언가에 가로막힌 듯했다. 누군가가 웅얼거리는 소리가 들렸다.

"지금은 곤란한데. 밤에 전화할게."

곧이어 카이토가 조금 빠른 어투로 대답했다.

"지금 어디에 있어?"

나는 그렇게 묻고 나서 바로 후회하고 말았다.

"왜 그러는데?"

예상대로 카이토의 목소리는 심기가 불편한 것처럼 바뀌고 말았다.

"아니, 별거 아니야……."

"회사 사람들과 점심 먹으러 가는 중이야. 이따가 밤에 다시 전화할게."

전화는 맥없이 끊어졌다. 어두워진 화면을 바라보다 책상에 휴대폰을 올려놓았다.

반년 전, 카이토가 고향으로 돌아간 이후부터 우리의 거리가 점점 멀어지는 것을 느꼈다. 물리적인 거리만이 아니라 마음까지도…….

나는 서둘러 정장을 벗었다. 부정적인 생각도 옷과 같이 벗겨지길 바라면서. 정말 바빴던 거겠지. 저녁이 되면 여느 때와 같이 다정한 카이토로 돌아와 있을 거야. 언제나 그랬으니까. 전화상으로 어색한 대화가 오가기도 하지만, 시간이 지나면 늘 그랬듯이 예전처럼 돌아와 있었다.

함께 지내온 날들이 우리 사이에 사랑이 남아 있을 것이라고 용기를 북돋아주었다.

이후에는 주임에게서 전화가 왔다. 회사가 망한 것은 돌이킬 수 없는 사실이며, 파산 신청서도 이미 접수되었다는 것, 주임도 3월부터 실직자 신세인 건 마찬가지일 텐데, 정성을 다해 회사 사정을 설명해주었다.

나를 비롯한 다른 직원들은 남은 수일 동안 클라이언트에게 상황을 설명하고 잔여 납품 건을 마무리 지어야 한다고 했다. 내가 걱정했던 시이나 씨의 결혼반지는 주임들이 완성시켜 납품할 것이라 알려주었다. 그 소식을 듣자, 안심이 되는 동시에 회사가 없어진다는 사실을 실감할 수 있었다.

나는 3일 후에 출근하여 개인 물품을 정리하고 클라이언트에게 전달할 설명서에 수신인의 이름을 적기로 했다. 주임은 마지막이니 손으로 직접 쓰고 싶다며 내게 열정적으로 이야기했지만, 그게 무슨 의미가 있는 것인지 도저히 이해할 수 없었다.

전화를 끊자 불현듯 방 안이 쌀쌀하게 느껴졌다. 나는 따뜻한 물에 차를 우려내면서 소파에 앉았다. 머릿속은 아직 멍했다. 마치 수영장에서 헤엄을 치다가 나온 것처럼 말이다.

뉴스에서 코로나 팬데믹으로 폐업하는 회사들이 많다는 소식을 자주 들었다. 그때마다 나는 나츠미와 "우리 회사도 위험하겠는데?"라며 농담을 주고받고는 했다.

그런데 막상 내가 그런 입장에 처하자, 나 같은 일반 사원은 폐업을 무기력하게 지켜볼 수밖에 없다는 것을 깨닫게 되었다. 힘든 건 임원들의 몫이었다. 주임과 대화를 나누면서 알아챈 것도 있었다. 주임은 숨기려던 심산이었겠지만 그는 이미 이직처가 정해져 있는 듯했다. 회사가 파산할 것이라는 정보를 오래전부터 알고 있었던 모양이었다. 따돌림이라도 당한 것 같다는 소외감과, 모두가 힘든 상황이니 어쩔 수 없다는 마음이 자꾸 번갈아서 지나갔다.

밤이 되어서야 카이토에게서 전화가 걸려왔다.

"낮에는 미안해."

그렇게 말하는 그에게 바쁜 시간에 전화해서 미안했다고 대답하며 안도했다. 어쩐지 계속 사과만 하고 있는 것 같았다.

"갑자기 점심을 같이 먹자고 하더라고. 쉬는 날인데 곤란하게."

"그랬구나."

"회사 근처에 새로 생긴 카페가 화제라서. 큰 도로 끝에 편의점이 있었잖아? 거기가 카페로 바뀌었어."

카이토는 삿포로 교외에 새로 생긴 쇼핑몰, 남성복 매장에서 일하고 있다. 나는 아직 가본 적도 없는 곳이라 편의점이 있었던 것은 물론이거니와 문을 닫았다는 사실도 전혀 몰랐다. 그럼에도 "그랬구나."라고 맞장구를 쳤다.

"꽤 맛있었는데, 죄다 여자 손님들뿐이었어."

그 말에, 낮에 어떤 여자가 카이토와 함께 있었다는 사실이 떠올랐다. 아니, 실은 계속 생각이 났지만 신경 쓰지 않는 척했을 뿐이었다. 직장 동료들과 함께 갔다고 했는데… 다 같이 날짜를 맞춰 휴가를 낸 걸까?

"그래서, 낮엔 무슨 일이었어?"

그랬다, 중요한 이야기를 해야만 한다.

나는 자세를 빠르게 하며 숨을 한번 내쉬었다.

"실은, 회사가 이번 달 말에 파산하게 됐어."

"회사라면, LOVE3 말이야? 진짜로?"

카이토는 밝은 어조로 되물었다. 내가 지금 농담이라도 하는 거라고 생각하는 걸까?

"가게는 오늘부터 문을 닫았어. 2월 말에 폐업할 예정이라는데, 나도 앞으로 한 번만 출근하면 끝이래."

스읍, 하고 숨을 들이마시는 소리가 들렸다.

"아, 그래?"

카이토가 중얼거렸다. 어쩐지 재밌어하는 것처럼 들리는 건 기분 탓이겠지?

카이토는 사장과 대판 싸우고 나서 일을 그만두었는데, 그로부터 3일 뒤에 "삿포로로 돌아갈 거야."라며 일방적으로 내게 통보했다.

"나… 이제 어떻게 하면 좋을까?"

불안한 마음을 간신히 털어놓았다. 앞으로 어쩌면 좋을지, 카이토에게 상담하고 싶었다. 그런데 카이토는 갑자기 침묵하며 입을 다물었다. 침묵은 불안을 더욱 고조시켰다.

"카이토?"

"…음, 아직 어리니까……."

카이토의 입에선 무슨 뜻인지 모를 애매한 대답이 흘러나왔다.

"그치만 나도 이제 스물다섯 살이야. 게다가 이직하려고 해도 신입 채용은 이미 끝났을 텐데, 시기가 이래서야……."

"아… 그렇지, 우리 회사에서도 그런 얘기를 했던 것 같아."

"홋카이도로 돌아갈까?"

장거리 연애를 하면서 우리의 관계는 어딘가 어색해지고 있었다. 전화 대신에 메신저를 더 많이 쓰게 되었고, 그 빈도도 점차 줄어들었다. 그는 자주 기분이 좋지 않은 것 같았고, 나는 그럴 때마다 불안했다.

그러니 이번 일은 고향인 홋카이도로 돌아가는 계기가

될 수도 있겠다는 생각이 들었다. 일자리만 해결하면, 이 일이 나에게 긍정적인 결과를 주는 셈이니까…….

그러나 수화기 너머로 들리는 것은 카이토의 숨소리가 전부였다.

"듣고 있어?"

오랜 침묵을 먼저 깬 사람은 결국 나였다.

"듣고 있어. 음… 그것도 괜찮겠네."

모호한 말투. 사귄 지 1년 반이 넘어가니, 조금만 말투가 달라져도 금방 알아챌 수 있었다.

언제부터였을까? 그의 말 속에 담긴 거짓을 읽을 수 있게 된 게. 거짓은 뚜렷한 형체를 갖추고 있지는 않지만 연기처럼 피어오르다 사라지곤 했다. 그동안 그 잔상을 보고도 못 본 척 지내왔을 뿐이다.

카이토는 내가 다시 돌아오길 바라지 않는 걸까…?

"그보다, 올해 눈 축제가 아주 예뻤어."

카이토가 갑자기 말을 돌렸다. 나는 밀려드는 위화감을 억누르며, 고향에서 보았던 축제의 모습을 떠올렸다.

"그러고 보니 올해도 이제 끝이구나. 못 본 지 한참 된 것 같아."

사실은 돌아오라고 말해주기를 바랐다. 하지만 차마

그렇게 말할 수 없었다. 어차피 말해주지도 않을 테니.

"파산할 줄 알았으면 그때 유급 휴가를 써서라도 왔으면 좋았을 텐데."

"그러게. 정말 그럴 걸 그랬어."

"그쪽은 어때, 눈은 내렸어?"

커튼을 열어 창밖의 풍경을 내다봤다. 어두운 유리에 비쳐 보이는 것은 내 모습밖에 없었다. 다음 달부터 실직자가 되는 나, 그에게 사랑받고 있는지 알 수 없는 나.

"여기는 눈이 잘 내리지 않으니까."

문득 잊고 있었던 것이 떠올랐다.

"있잖아, 지난번에 한 약속 기억하고 있어?"

심술궂은 질문이었을까? 유리창에 비친 나에게 물었다.

"약속이라니?"

"고베역의 프로젝션 매핑. 같이 가자고 약속했잖아?"

"물론 기억하고 있지. 화이트 일루미네이션 아니었나? 음, 그게 언제였지?"

역시 잊었던 게 분명했다. 전에 제안했을 때는 가자고 말했으면서, 최근 몇 주간의 대화를 돌이켜봐도 '프로젝션 매핑'에 관해서 말한 적은 단 한 번도 없었다.

"이번 주 토요일이야. 쉬는 날이니까 괜찮지?"

"어떻게 될지 모르겠네. 아마 괜찮을 것 같긴 한데…
요즘 좀 바쁘거든."

그의 말 속에서 거짓을 찾아내려는 나 자신이 싫었다.
괜찮지 않으면서, 바쁘지도 않으면서!

카이토와 통화를 하면 슬프고 고통스러웠다.

* * *

3일 후, 평소보다 이른 시간에 출근길로 나섰다. 마지
막 출근이라고 생각하니 어쩐지 감회가 남달랐다. 편지봉
투에 '폐업 안내문'을 접어 넣고, 상사에게 마지막 인사를
건네고, 짐 정리를 하다 보니 어느새 점심시간을 넘기고
말았다.

회사의 파산에 대해 이야기하는 사람은 아무도 없었
다. 평소와 다름없이 차분하게 업무를 처리하고 있는 듯
보였다. 다른 점을 꼽자면, 대부분의 상품들이 상자에 담
겨 쌓여 있다는 점과 조명이 평소보다 어둡다는 점, 노래
가 흘러나오지 않는다는 점일까. 그게 다였다. 내일이 오
면 언제 그랬냐는 듯이 당연하게 출근할 것만 같았다.

마지막까지 사장님의 모습은 볼 수 없었다. 위로의 말

을 나누거나, 앞으로의 계획에 대해 이야기하지도 않았다. 유일하게 이직처가 결정되었을 것이라 예상되는 주임만이 '인생'에 대해 논할 뿐이었다. 우리는 직원 전용 출구 앞에서 마지막 인사를 나눈 뒤 헤어졌다.

나와 나츠미는 점심에 자주 이용하던 카페로 향했다. 미리 약속을 한 것은 아니었지만, 누가 먼저랄 것도 없이 그곳으로 발걸음을 옮겼다. 각자의 개인물품이 든 종이봉투를 들고 움직이려니 대이동이 따로 없었다.

익숙한 얼굴의 웨이터가 우리를 맞이해주며 창가 자리로 안내해주었다.

"수고했어."

나츠미가 건배하듯 잔을 들어올렸다. 평소 같았으면 물로 끝났겠지만, 오늘은 달랐다. 와인을 한 모금 마신 나츠미가 고개를 갸웃거렸다.

"근무 중에 술을 마시면 들뜰 줄 알았는데, 반대로 풀이 죽는 기분이네."

"엄밀히 따지자면 이제는 근무 시간이 아니지만 말이야."

씁쓸한 맛에 얼굴을 찡그리며, 실내를 스윽 둘러보았다. 이곳에 오는 것도 오늘이 마지막일지도 모른다고 생각하니 침울해졌다. 회사에서는 느끼지 못한 기분을 이곳에서 느끼다니. 감정이란 것에도 시차가 있는 모양이다. "다 그런 거야."라며 웃어넘길 수 있는 게 어른이라지만 나는 그렇지 못했다. 그러니 앞으로도 영원히 당황스러움 속에서 살아갈 것 같다.

오늘의 점심 '화지에 싸인 연어구이'를 먹고 있으니, 두 번째 와인 잔을 비운 나츠미가 나를 바라보며 "그런데 말이야."라고 운을 떼었다.

"그 사장, 결국 마지막 날까지 나타나지 않더라? 자기 때문에 회사가 망했는데도 말이야."

"경영은 여러모로 어려운 거야. 이런저런 후속 처리도 해야 할 테고."

나는 어쩐지 사장을 감싸듯이 말해버렸다. 이런 점은 나 자신도 혐오스럽게 느껴질 때가 있었다.

"코토하, 다정함이 너무 과한 거 아니야? 당장 내일부터 길거리를 배회하게 생겼다고."

어깨를 으쓱거린 나츠미가 계속해서 말을 이었다.

"그래서, 카이토 씨가 있는 곳으로 돌아갈 거야?"

"고향으로 돌아갈 거냐고 묻는 게 맞지 않을까?"

나는 포크와 나이프로 연어를 썰어가며 대답했다.

"어떻게 된 거야? 이제 슬슬 결혼 이야기가 나올 때 아니야?"

나츠미가 눈을 동그랗게 뜨며 물었다. 나는 머뭇거리며 입을 열었다.

"고향으로 돌아가는 건 상관없는데, 카이토도 그걸 바라는 건지 아닌지 잘 모르겠어……."

"응? 그게 무슨 말이야? 어떻게 된 건데?"

나츠미는 흥미진진해하며 몸을 앞으로 쭉 내밀었다. 사실 지금까지 나츠미에게는 카이토와 좋았던 이야기만을 골라서 들려주었다. 자존심 때문일지도 모르겠다.

그러나 이젠 그럴싸하게 꾸며내고 싶지 않았다. 오히려 나츠미에게서 제대로 된 조언을 받고 싶어졌다.

"기억나? 카이토 말이야, 퇴사 직전에 아버지의 수술 문제로 삿포로에 돌아간 적이 있잖아?"

"아, 그러고 보니 그랬던 것 같기도 하고?"

나츠미는 와인 잔 가장자리를 검지로 문지르며 허공을 응시했다.

"내 기억이 맞다면, 사장이랑 싸우기 직전쯤에 유급휴가를 썼던 것 같아. 그때… 전 여자친구를 만났다더라고."

"진짜? 그런 얘기는 처음인 것 같은데?"

나츠미의 눈은 이미 반짝반짝 빛나고 있었다. 하긴, 원래 이런 이야기가 제일 재밌는 법이니까.

"이름은 모르지만, 카이토가 취직 때문에 고베로 오게 되면서 어쩔 수 없이 헤어진 사람이래. 우연히 만났다고 했어."

그날, 카이토는 나와 통화하며 기쁜 듯이 이야기했다. 아버지의 수술이 끝난 직후였는데도 말이다. 수술에 관한 이야기는 자세히 말해주지도 않으면서, 전 여자친구와의 재회에 대한 이야기는 끊임없이 늘어놓았다.

그날부터일까? 우리 사이에 무언가가 변해버린 것은.

나는 카이토의 입을 통해 흘러나오는 예전 여자친구와의 이야기 속에서, 그녀를 향한 카이토의 미련을 느껴버리고 말았다. 카이토는 인정하지 않았지만, 나는 그가 여전히 그녀를 잊지 못하고 있단 사실을 눈치채고 말았다.

그리고 카이토는, 그 후에 사장과 다투고는 삿포로에 돌아가버렸다.

"불에 기름을 끼얹은 꼴이네."

나츠미가 와인 잔을 흔들면서 말했다.

"그 정도까진지는 모르겠지만… 어쨌든 삿포로로 돌아간 이후부터 카이토가 좀 차가워진 것 같아."

"그런 일이 있는 줄은 몰랐네. 왜 말해주지 않은 거야?"

"나츠미에게 이야기하면 모두가 알게 되니까."

"너무해. 내가 그 정도로 입이 가볍진 않다구!"

불퉁하게 말한 나츠미는 잠깐이지만 허공을 힐끗거렸다. 누구에게 이야기할까 고민하는 것이겠지. 나츠미는 그런 자신의 행동을 깨달았는지, 금세 온순한 표정을 지었다.

"차갑게 느껴지는 건 거리 때문이지 않을까? 코토하가 오해하는 걸지도 몰라."

나는 와인 잔 가장자리를 매만지는 나츠미의 손가락을 바라보며 고개를 끄덕였다.

그럴지도 모르고, 그렇지 않을 수도 있다. 생각해보면, 카이토의 차가움에 상처를 받은 날도 있었지만 그의 다정함에 마음이 따뜻해지는 날도 있었고 나 혼자 불안했던 거구나, 하고 반성하는 날도 종종 있었으니까.

"다음 주에 놀러온다고 했지? 프로젝터 매핑 같이 가기로 약속했다면서."

"프로젝션 매핑이야. 벽에 빛으로 영상을 비춰서 현실감 있게 보이도록 하는 거."

"그래그래, 그거."

나는 다시 와인을 한 모금 마신 후에 크게 한숨을 내쉬었다.

"완전히 까먹고 있더라고."

얼마 전에 나눈 통화 내용을 떠올리며 말했다. 그날 이
후로 몇 차례 더 메시지를 주고받았지만, 그냥 다 사소한
이야기였다.

"그건 좀 너무하는데?"

"너무하지?"

사랑은 한꺼번에 사라지는 것이 아니라, 손바닥에서
모래가 흘러내리듯 서서히 사라진다. 그리고… 그걸 그저
지켜볼 수밖에 없다는 것이 슬펐다.

"코토하는 카이토 씨가 전 여자친구와 다시 만나고 있
다고 생각하는 거야?"

"생각하고 싶지 않아… 기분 탓일지도 모르고."

희망보다 염원에 가까운 감정을 털어놓자, 나츠미는
냅킨으로 입을 닦은 후에 내게 얼굴을 가까이 가져다 대
며 말했다.

"나라면 당장이라도 삿포로에 찾아가겠어."

"엄청난 행동파라니까."

나도 모르게 웃음이 튀어나왔지만, 눈앞의 나츠미는
진지한 표정이었다.

"그야 신경 쓰이잖아! 그리고 그 내용에 따라서는 앞으로의 삶도 변할 수 있으니까, 일이 없는 지금이야말로 쳐들어갈 타이밍이라고."

"하지만, 너무 민폐 아닐까?"

눈살을 찌푸리며 말하는 내게, 나츠미는 웃어 보였다.

"신경 쓰인다면 확인할 것! 그게 내 방식이야. 자존심 같은 건 몰라."

나츠미는 천연덕스러운 표정을 지으며 남은 와인을 들이켰다.

"나츠미답네."

"액세서리 브랜드를 내고 싶다던 꿈도 여전히 건재한 거지?"

"응."

그랬다. 고베에 온 목적은 내 꿈을 이루기 위해서였다. 그 꿈은 여전히 빛나고 있다. 언젠가… 내가 직접 디자인한 액세서리를 판매해보고 싶다.

"그렇다면, 일단은 문제를 해결해야 앞으로 나아갈 수 있지 않을까?"

"너무해, 남의 일이라고 쉬운 것 같지!"

그렇게 말하면서도, 나는 삿포로의 풍경을 떠올렸다.

어쩐지 가슴이 요동치기 시작했다.

* * *

　나츠미와 헤어진 후, 종이봉투를 양손으로 들고 역까지 이어지는 길을 혼자서 터덜터덜 걸었다. 종이봉투 속에는 이제 두 번 다시 사용하지 않을 것 같은 물건도 있었다. 양팔로 느껴지는 그것들의 무게만큼 내 기분도 무거워지는 듯했다.

　빠른 걸음으로 나를 앞지르려던 한 회사원과 가볍게 어깨를 부딪혔다.

　"죄송합니다."

　그 사람은 내가 말하기도 전에 먼저 사과하며 서둘러 나를 스쳐 지나갔다. 나츠미가 했던 말이 자꾸 떠올랐다.

　"나라면 당장이라도 삿포로에 찾아가겠어."

　그런 게 가능할 리 없잖아. 하지만, 이 답답한 마음을 해결하려면 그 방법밖에 없을지도 모르겠다.

　나는 카이토를 사랑한다.

　그 사실은 변하지 않는다. 하지만 카이토는 나처럼 슬프거나 괴롭지는 않은 것 같았다.

카이토가 삿포로로 돌아가던 날, 공항에서 그를 보내며 나눴던 슬픈 키스가 선명하게 기억났다. 그날 맹세했던 영원한 사랑이… 지금도 그대로일까. 자신이 없었다.

무의식적으로 발걸음을 멈추었다. 나는 앞으로 어떻게 해야 하는 걸까. 멍하니 주변을 둘러보았다. 이 도시는 어디지? 내가 여기에 있어도 괜찮은 걸까? 여기서 나만 동떨어진 듯한 기분이었다.

그때, 갑자기 밝은 색조의 간판이 눈에 들어왔다.

─국내여행부터 해외여행까지, DCT 투어.

TV 광고도 하고 있는 대형 여행사의 지점 간판이었다. 출퇴근길로만 이용하던 평범한 길이었기에 그동안 주의 깊게 살펴본 적이 없었다. 나는 빛에 이끌리는 곤충처럼 어느새 자동문을 통과하고 있었다.

가게 안은 바깥에서 보는 것보다 훨씬 좁았다. 곳곳에 배치된 선명한 색상의 여행 카탈로그를 제외하면, 카운터만 있는 작은 가게였다. 남성 직원이 나를 보고 자리에서 일어섰다.

"어서 오세요."

그는 상냥하게 미소를 지으며 내 앞에 놓인 의자를 손바닥으로 가리켰다.

"언제든 편하게 말씀해주세요."

나는 다시 한번 빛에 이끌리는 곤충이 되었다. 내가 의자에 앉자 직원도 조용히 자리에 앉았다.

"오늘 상담을 맡게 된 나카무라입니다."

"아, 잘 부탁드립니다."

필요 이상으로 과하게 머리를 숙이는 바람에, 테이블에 머리를 박을 뻔했다. 나카무라 씨는 30대 중반처럼 보였다. 머리카락을 단정하게 빗어 넘겨서인지 호텔 직원 같은 분위기를 지니고 있었다.

"여행을 생각하고 계신가요?"

질문을 받자 머릿속이 새하얗게 변했다. 나도 모르게 들어오긴 했지만 여행을 떠나고 싶은 기분은 아니었다. 나카무라 씨는 빙긋 미소를 지으며 내 대답을 기다리고 있었다.

"여행이라기보다는… 사실, 그냥 저도 모르게 가게에 들어와버렸어요. 죄송해요."

마지막엔 거의 들리지 않을 정도로 작은 목소리가 되었다.

등을 곧게 편 나카무라 씨는 고개를 끄덕여 보였다.

"저에겐 영광입니다."

"아… 네."

"특별히 목적지가 정해져 있지 않다면, 기후현은 어떠세요? '히다 타카야마'와 '게로 온천'이 인기랍니다. 다음 달에 출발하는 일정으로 추천 상품이 있어요."

"기후현이요?"

"네. 제 동생도 오랜 기간 거주하고 있는데, 정말 좋은 곳이에요."

소탈한 대화에 자연스레 미소가 흘러나왔다.

"기후현은 가본 적이 없네요."

"평온하고 여유로운 느낌이 드는 곳이에요. 동생은 카페를 운영하는 데다 신혼이라서, 저랑은 잘 놀아주지 않지만요."

편하게 대화를 이끌어주는 그의 모습 덕분에 나는 마음이 스르르 열렸다. 그가 건네준 팸플릿을 살펴보았다.

"그 외에도 나가사키의 테마파크인 '하우스텐보스'나 오키나와의 '미야코섬', 가까운 곳이라면 오사카의 '유니버셜 스튜디오 재팬'도 인기가 있어요. 관심 가는 곳이 생기셨나요?"

"아… 네. 삿포로에……."

말을 하던 도중에 문득 정신이 들었다. 내가 지금 뭘

하고 있는 거지? 정말로 삿포로에 갈 생각인 거야? 가서 뭘 어쩌려고?

"삿포로 말씀이군요. 출발일은 정하셨나요?"

다정한 목소리 덕분인지, 마음이 놓인 나는 서둘러 입을 열었다.

"오, 오늘 가고 싶어요."

"오늘이요?"

나카무라 씨는 살짝 놀란 듯했지만 금방 다시 침착해졌다.

"알겠습니다. 잠시만 기다려주세요."

나는 컴퓨터를 조작하는 나카무라 씨를 보았다. 그래, 가려면 지금 가야 해.

망설이다가는 아무것도 할 수 없는 법이다. 하지만 한 편으로는 오늘 당장 떠나는 건 어려울 거라고 생각했다. 만약 그렇다면 포기하자. 스스로 내린 결정에 변명을 가져다 붙이는 건 늘 있던 일이니까.

나카무라 씨는 모니터를 보며 미간을 찌푸렸다.

"아쉽게도 오늘 자 항공편은 남아 있는 것이 거의 없어요. 공항까지 가는 시간을 고려하면 힘들어 보입니다."

예상 적중! 역시 무모했다. 어차피 만나러 간다고 해도 카이토가 화를 낼 것이 뻔했다.

"그렇죠? 갑작스럽게 죄송했어요."

볼이 달아올랐다. 이래서는 진상 손님과 다를 게 없었다. 나카무라 씨가 머리를 숙인 내게 "잠시만요." 하고 말했다. 차분한 목소리였다.

얼굴을 들자, 나카무라 씨의 표정에서 미소가 사라진 게 보였다.

입을 달싹이던 나카무라 씨가 기침을 한 번 했다.

"급하신 거군요?"

"네?"

무슨 뜻인지 이해하지 못하고 반문하는 내게, 나카무라 씨는 눈을 가늘게 뜨며 물었다.

"오늘 안에 삿포로에 도착해야 할 필요가 있는 거죠?"

"아, 아니요. 꼭 그런 뜻은 아니었는데……."

어떻게 설명하면 좋을까 머뭇거리고 있을 때였다.

"괜찮아요."

나카무라 씨는 피아노를 연주하는 것처럼 양손을 들어 올렸다. 딸깍거리는 소리를 내며 키보드와 마우스를 누르더니 이내 만족스럽게 고개를 끄덕였다.

"내일 출발하는 항공편이라면 예약할 수 있을 것 같은

데요?"

퀴즈를 내는 듯한 말투였다. 나는 인상을 살짝 찌푸렸다. 내일이 되면 마음이 바뀔지도 몰랐다. 출발 직전에 표를 취소하는 모습이 눈에 훤했다.

"가능하다면 오늘 출발하고 싶어요. 내일이 되면 아무래도 생각이 바뀔 것 같아서……."

앞으로 어떻게 살아가야 할지 결정해야 한다. 그러기 위해서는 카이토를 만나야만 해. 지금 결정하지 않으면 영원히 고민하게 될 것이다.

나카무라 씨는 나를 잠시 바라보더니, "아하." 하고 납득한 듯이 머리를 끄덕였다.

"즉, 이런 말씀인 거죠? 바로 출발할 수만 있다면, 도착하기까지 시간이 걸리더라도 괜찮다. 맞나요?"

나의 복잡한 감정을 정리해준 듯한 말이었다.

"네. 오히려 여유롭게 생각도 하면서 가고 싶어요."

나는 어느 틈엔가 적극적으로 표현하고 있었다. 나카무라 씨가 다정하게 미소 지었다. 마치 복권에 당첨되기라도 한 것처럼 기분이 좋아졌다.

방금 전까지만 해도 포기하려고 했는데, 마음이 180도 바뀌었다. 이제는 어떻게든 오늘 출발하겠다는 의욕으로 가득 차 있다는 것이 신기했다.

"코로나 백신 접종은 하셨나요?"

"네."

언제든지 백신 접종 증명서를 제시할 수 있도록 휴대폰에 데이터를 넣어두었다.

"그렇다면, 비행기가 아닌 다른 수단을 고려해보시는 건 어떠세요?"

"다른 수단이요?"

나카무라 씨는 고개를 크게 끄덕여 보였다.

"심야 특급열차라면, 접종은 완료하셨으니 승차 전 항원 검사만 받으면 좌석을 예약하실 수 있어요."

"심야 특급열차요?"

아까부터 앵무새처럼 되묻기만 할 뿐이었다. 심야 특급열차라는 게 뭐지?

"고베역에서 오후 4시에 출발하는 심야 특급열차인 '드림'을 이용하실 수 있어요. 중간에 몇 개의 역들을 경유하면서 삿포로까지 운행하고 있죠. 도착은 내일 점심쯤이 될 것 같은데, 시간이 너무 오래 걸려서 곤란하실까요?"

"아, 아니요……."

딱히 약속이 있는 것도 아닌 걸요, 라는 말이 튀어나올 뻔했으나 꾹 참았다.

"고베를 기점으로 점점 북쪽으로 이동하는 여행 편이
에요. 보통은 항상 예약이 꽉 차 있는데, 마침 취소 티켓
이 생겼네요. 왕복 열차표와 삿포로에서의 숙박권이 세트
로 구성된 상품이에요."

만 하루 가까이 걸려 북쪽으로 향하는 열차가 있다니,
처음 알았다.

"돌아오는 편도 열차인가요?"

"아니요, 원하신다면 비행기로 변경도 가능합니다."

내 예상보다 일이 훨씬 더 순조롭게 진행되고 있었다.
만약 이 기회를 놓친다면 또다시 애매한 기분으로 하루하
루를 살아가게 되겠지. 그럴 바에야 그냥 가버리는 편이
나을 것 같았다. 아니, 그래야 한다는 확신이 들었다.

"열차여도 괜찮아요. 저… 돌아오는 편 말인데요, 두
사람 몫의 티켓을 예약할 수 있을까요?"

"그럼요, 날짜에 따라 다르겠지만 돌아오는 편에는 아
직 자리가 남아 있습니다. 언제 도착하시길 원하세요?"

"토요일 저녁까지 돌아올 수 있다면 언제든 괜찮아요."

포기했던 프로젝션 매핑을 함께 볼 수 있을지도 모르
니까.

"삿포로에서 2박을 하고, 금요일 점심에 출발하는 열차로 예약이 가능합니다. 어떻게 하시겠어요?"

나카무라 씨가 믿음직스럽게 미소 지었다.

이미 마음은 정했다.

* * *

고베역에 도착하기 직전, 함박눈이 내리기 시작했다. 곧 있으면 3월이 될 텐데도 말이다. 눈 깜짝할 사이에 하얗게 변한 거리는 어딘가 고향을 떠올리게 했다.

심야 특급열차를 타게 될 줄이야. 상상조차 하지 못했다. 이렇게 내가 머무는 곳과 태어난 곳을 이어주는 열차가 있다니, 얼마나 기쁜 일인가.

오후 두 시 반에 집에 도착한 이후부터 정신없이 준비한 탓에 뭔가 빠뜨린 것은 없는지 걱정이 되었다. 잠시라도 움직임을 멈추면 망설이게 될 것 같아서, 일단은 필사적으로 여기까지 오는 것만 생각했다. 게다가 이 모든 일은 기세만으로 결정해버린 일이었기에, 카이토에게도 아직 연락을 하지 않은 상태였다.

"괜찮을까……."

여행사에서 받은 티켓을 지갑에서 꺼내 확인했다. 뭔가 특별한 느낌의 티켓일 거라 생각했는데, 신칸센 티켓처럼 소박했다.

『고베 → 삿포로 심야 특급열차 '드림' 탑승권 (침대 이용권)』이라고 인쇄되어 있었고, 그 아래에는 좌석 번호가 쓰여 있었다.

개찰구에 있는 역무원에게 티켓을 보여주자, 나카무라 씨의 설명대로 항원 검사 키트를 건네받았다. 플라스틱으로 만들어진 것이었는데, 콘서트에서 사용하는 야광 스틱과 생김새가 비슷했다. 나는 키트의 뚜껑을 열어 안에 들어 있는 면봉으로 입 안을 긁었다. 회사에서 연 상담회에 참가했을 때도 검사를 받았기 때문에 사용법을 기억하고는 있었다. 하지만 혼자서 검사를 받으려니 살짝 민망했다.

검사 결과는 바로 나왔다. 티켓에 '검사 완료'라는 도장이 찍힌 후에야 비로소 개찰구를 통과할 수 있었다.

나는 캐리어를 끌며 6번 플랫폼으로 가는 에스컬레이터에 올라탔다. 안내판을 보니 10분 뒤에 열차가 도착한다고 쓰여 있었다. 나는 티켓에 표시된 6호차 위치를 찾아 걸어갔다.

앗, 그러고 보니 음료수를 사는 것이 좋겠다. 나카무라 씨의 설명에 따르면, 열차 안에는 식당 칸과 음료를 판매하는 곳이 있다고 했다. 문제는 둘 다 가격이 비싸다는 점이었다.

"기념 삼아 식당 칸에서 식사하는 것도 나쁘진 않아요. 하지만 음료는 자판기 음료수와 별다른 차이가 없기 때문에 따로 준비하는 걸 추천해드릴게요."

나카무라 씨가 남은 예약 절차를 처리하면서 덧붙인 말이었다.

'내일부터는 백수니까.'

나는 플랫폼의 매점에서 마실 것과 도시락, 그리고 초콜릿을 샀다. 가까운 벤치에 앉아 그것들을 정리하는데, 젊은 남자가 내 자리에서 한 칸 떨어진 벤치에 앉았다.

남자의 언밸런스한 옷차림 때문인지 나도 모르게 눈이 갔다. 상의는 다운 재킷을 입었으면서 하의는 반바지라니, 춥지 않은 걸까? 부스스한 머리카락과 각진 눈썹, 날카로운 눈매가 인상적이었다. 소위 말하는 '체육 계통' 종사자인 것인지 허벅지가 유난히 두꺼웠다. 얼굴을 보면 나와 비슷한 나이인 것 같은데, 옷차림만 보면 대학생일지도 모르겠다는 생각이 들었다.

너무 흘끔거린 탓일까, 남자가 수상쩍다는 듯이 이쪽을 쳐다보았다. 나는 황급히 고개를 돌렸다. 어쩌면 저 남자도 심야 특급열차의 승객일지도 모르겠다.

독특한 톤의 안내 방송이 울려 퍼지며, 흰색 열차가 플랫폼 안으로 미끄러지듯이 들어왔다.

천천히 멈추는 열차의 문 옆에는 필기체로 'Dream'이라고 적혀 있었다. 운행을 시작한 지 33년이 지났다고 들었는데 생각보다 깨끗해 보였다. 심야 특급열차는 차체 위로 떨어지는 눈처럼 희었고, 그래서인지 약간의 조명만으로도 아름답게 빛났다.

카이토에게는 나중에 연락하기로 하고, 우선은 열차에 올랐다.

통로는 사람 한 명이 간신히 지나갈 수 있을 정도로 좁았다. 짙은 고동색의 인테리어를 보자, 영화 《오리엔탈 특급 살인 사건》이 떠올랐다. 의외의 인물이 범인이라는 것보다, 영화의 영상미와 열차의 화려한 모습 때문에 넋을 잃었던 기억이 있다.

6호차의 중간쯤에 다다라 내 좌석 번호가 적힌 플레이트를 발견했다. 문을 열고 안으로 들어서는 순간, 숨이 멎을 듯한 기분이 들었다.

"…개인실이 아니었어?"

방의 양옆에 이층침대가 설치되어 있었고, 안쪽 공간에는 작은 4인용 소파도 놓여 있었다. 커다란 창문 너머로 플랫폼이 보였다.

나는 복도로 돌아가 플레이트에 표시된 번호를 재차 확인해봤다. 티켓에 적힌 번호와 같은 걸 보니, 아무래도 이 방이 틀림없는 듯했다. 당연히 개인실일 줄 알았는데, 곤란하네…….

나카무라 씨가 백신 접종에 대해 유독 집요하게 질문했던 게 생각났다. 그때 확실히 물어봤어야 했는데.

내 침대는 왼쪽에 놓인 이층 침대의 아래층이었다. 너무 비좁아 보여서, 이곳에서 정말 잠을 잘 수 있을까 걱정스러웠다. 일단은 캐리어를 구석에 놔두고 소파로 이동했다.

창문을 보았다. 플랫폼에 선 어떤 사람이 우산을 접고 있었다. 눈은 더 이상 내리지 않았다. 구름 사이로 푸른 하늘이 보였다. 나는 카이토에게 전화를 걸기 위해 주머니에서 휴대폰을 꺼냈다. 물론 아직은 회사에 있을 시간이지만 음성 메시지라도 남겨야 할 것 같았다.

뭐라고 말을 하면 좋을까?

고민해봐도 좋은 아이디어가 떠오르지 않았다.

"프로젝션 매핑 보러 갈 거지? 데리러 갈게."

소리 내어 말해봤다. 데리러 가겠다는 곳이 고베역인
지 삿포로인지 애매하게 느껴지기도 했고, 솔직히 내가
들어도 무슨 뜻인지 이해가 잘 되질 않았다.

"생각나서 와버렸어."

이건 스토커 같아서 조금 무섭고. 차라리 문자를 남기
는 게 좋을까? 하지만 문자로는 내 생각을 제대로 전달할
수 없을 것 같았다.

에라 모르겠다, 싶어서 통화 버튼을 눌렀다. 업무 중이
라 전원을 꺼둔 것인지 바로 음성 메시지로 넘어갔다. 그
순간, 갑자기 문이 열리는 바람에 황급히 전화를 끊었다.

방에 들어온 사람은 방금 전에 보았던 반바지 차림의
남자였다. 이럴 수가, 같은 방이었다니……

내가 머리를 숙이며 인사했지만, 그는 티켓과 침대를
번갈아 보느라 바빴다. 자리를 확인하는 듯했다.

그는 메고 있던 배낭을 맞은편 침대에 두고서 내 앞에
앉았다.

"마… 만나서 반갑습니다."

어떤 말이라도 해야겠다는 생각에 입을 열었지만, 우
습게도 목소리가 갈라지고 말았다. 그는 나를 한 번 흘끗

처다보더니 가볍게 고개를 끄덕였다. 아무래도 그게 인사
인 모양이다.

"잘 부탁드려요."

내가 다시 인사했다. 내일 점심까지는 같은 방을 써야
만 하니까 최대한 살갑게.

"아, 네."

그는 짧게 고개를 끄덕였다. 성의 없게 느껴져서 살짝
울컥하는 마음이 들었지만, 어쩔 수 없었다. 이럴 땐 한
살이라도 많아 보이는 내가 리드하는 것이 좋겠지.

"삿포로까지 가세요?"

"그렇죠."

그는 쌀쌀맞게 대답하고서 담배를 꺼내 입에 물었다.
뭐야, 여기 금연 구역 아니었어?

"저기……."

"이거 전자 담배야. 나오는 건 수증기고."

퉁명스러운 말투였다. 그는 흰 연기… 아니, 수증기를
공중으로 뿜어내더니, 이내 입이 찢어지도록 하품하며 창
가 쪽으로 고개를 돌려버렸다. 나를 무시하고 있는 게 분
명했다.

나도 일부러 캐리어에서 잡지와 녹차를 꺼냈다.

어색한 동작으로 작은 탁자 위에 녹차를 올려두자마자 열차가 움직이기 시작했다. 처음에는 조용했지만 점차 열차의 속도가 빨라지면서 레일 소리가 들려왔다.

이제 돌이킬 수 없다. 삿포로로 북상하는 여정이 시작된 것이다.

나도 모르는 사이에 한숨이 새어 나왔다. 카이토에게 전화를 걸어야겠다고 생각하던 찰나, 휴대폰이 울렸다.

"아, 죄송합니다……."

매너모드 설정을 깜빡했다. 서둘러 휴대폰을 집어 들었다. 이 벨 소리는 분명 카이토인데… 나는 불쾌하다는 듯이 쳐다보는 남자에게 몇 번이고 머리를 숙이며, 서둘러 복도로 빠져나왔다. 문을 닫고 나서야 겨우 대답할 수 있었다.

"미안해, 카이토."

"여보세요? 무슨 일이야?"

"그게 있잖아……."

복도로 나오자 철로 위를 달리는 열차의 소리가 더 커졌다.

"회사, 오늘이 마지막 날이었지?"

"응. 맞아."

"그래서, 용건이 뭔데?"

생각을… 생각을 정리하려고 했지만, 용건이 없으면 전화도 할 수 없는 건가, 하는 생각만 자꾸 떠올랐다.

"사실 지금, 열차…….."

"여보세요? 지금 어디서 전화하는 거야? 잘 안 들려."

"있잖아."

나는 일부러 목소리를 더욱 크게 내봤다. 하지만 터널로 진입한 열차의 소음이 벽에 반사되면서 사방으로 메아리쳤다. 왕왕거리며 밀려드는 잡음 때문에 한쪽 귀를 막아야만 했다.

"여보세요? 카이토?"

"코토하, 미안하지만 안 들려. 문자로 보내줘."

뚝, 하며 끊기는 소리만큼은 이상하게도 잘 들렸다. 어쩐지… 벌써부터 이 여행이 후회되었다.

한숨을 푹 내쉬며 터덜터덜 방으로 돌아갔다. 문자로 보내라고 해도 어떻게 설명해야 할지 모르겠는걸. 일단 소파에 앉았다. 그리고 다시 한숨을 내쉬었다.

메신저 앱을 열어 문자를 쓰다 지우길 여러 번, 결국엔 전부 삭제하고 말았다.

"너 말이야."

내 뒤로 목소리가 들려왔다.

"좀 어둡지 않아?"

고개를 들었다. 남자는 수증기를 내뿜으면서 내게 말하고 있었다. 더는 참을 수가 없었다.

"…무슨 말씀을 하시는 거죠?"

"말 그대로야. 아까부터 어두워 보이길래."

바보 취급을 하듯, 엷은 웃음을 띠며 나를 가리키고 있었다.

"한숨 푹푹 쉬면서 어두운 표정을 짓고 있잖아."

"그래서요?"

드디어 분노의 감정이 끓어올랐다. 내가 왜 처음 보는 사람한테 저런 말을 들어야 하는 거지?

"별거 아니야. 그뿐이라고."

남자는 돌연 흥미가 떨어진 것처럼 굴며 창문 밖의 풍경으로 눈길을 돌렸다. 그런 그의 태도에 나는 더욱 화가 치밀어 올랐다. 어떻게 할까? 참을까?

…안 되겠어!

"저기요, 잠깐만요!"

내 목소리에 남자는 눈만 움직여 이쪽을 바라보았다.

"뭔데?"

"너무 무례한 거 아닌가요? 오늘 처음 본 사람한테 어둡다니, 누가 그런 막말을 해?"

그는 다시 창문 밖으로 시선을 돌리며,

"생각한 걸 말했을 뿐이야."

지루하다는 듯한 말투로 남자가 말했다.

"말하면 끝이야? 그런 걸 무례하다고 하는 거야!"

"그래?"

"당연하지, 보통은 그러지 않으니까."

어쩐지… 나는 이 남자에 대한 분노보다도, 카이토에게 뭐 하나 제대로 설명하지도 못하는 스스로에게 화가 나 있었다. '그래, 이 분노의 표적은 나 자신이야.' 그렇게 생각하면서도 한 번 뚫린 입은 멈추지를 않았다.

"뭐든 상관없잖아. 이제 이 대화는 끝내자고."

남자도 짜증스러운 표정을 숨기려 하지 않았다.

"상관없지 않아. 나도 내일 점심까지는 그쪽이랑 함께 있어야 하니까 서로 불쾌할 일은 만들고 싶지 않았어. 사이좋게 지내고 싶었다고!"

"알았다니까, 이제 됐잖아."

"그런데 인사도 제대로 안 하고, 급기야는 그런 무례한 말까지…! 이래서는 앞으로가 걱정되니까 하는 말이야!"

아직도 가라앉지 않는다. 계속해서 솟구치는 분노를 쏟아내려고 할 때였다.

"시끄러워 죽겠네, 징말!"

정체를 알 수 없는 목소리가 들려왔다. 다른 승객이 침대에 있었나 싶어 흠칫했지만, 그 목소리는 내 앞에 앉아 있는 남자의 입에서 나온 것이었다.

"…어?"

"시끄럽다고 했잖아! 쫑알쫑알 시끄러워 죽겠네, 정말! 웬일이니!"

역시 사람은 예상치 못한 일을 마주하면 몸이 굳어버리는 모양이다. 갑작스럽게 말투가 바뀐 그를 그저 바라보고 있을 수밖에 없었다.

당황한 나를 보며 남자는 말을 이어갔다.

"가만 보니 당신 말이야, 실연당한 거 맞지? 그치? 그래서 아까부터 우울한 분위기나 풍기면서 자기한테 취해 있는 거지? 난 당신같이 드라마 속 비련의 여주인공이라도 된 것처럼 구는 여자가 제일 싫단 말이야. 정말 너어어무 싫어. 모처럼의 여행인데 이 몸이야말로 불행해 죽을 것 같아."

"이… 이 몸…?"

"그런데 말이야."

갑자기 그가 싱긋, 하고 미소를 짓는다.

"이별 이야기라면 내가 또 아주 좋아하거든. 고민이 있다면 털어놔. 이 몸께서 삿포로에 도착할 때까지 들어줄 테니까."

어안이 벙벙한 가운데, 열차는 속도를 높여 고베를 빠져나가고 있었다.

제2장

북위 35도

여행을 하는 이유

"내 이름은 켄타야. 이래 봬도 본명이라구."

환하게 미소를 짓는 켄타는, 그리 길지도 않은 머리카락을 손으로 쓸어 올리더니 턱을 내 쪽으로 치켜들었다. 이름을 말해달라는 거겠지.

"나, 나는 요시다……."

"성은 됐어, 그냥 이름만 알려주면 돼. 어쩌다 같은 방을 쓰게 된 사이일 뿐이고, 어차피 기억하지도 못할 텐데, 뭐, 통성명은 서로의 이름으로만 하는, 그런 관계로 지내자."

나는 어느새 고분고분하게 고개를 끄덕이고 있었다.

"코토하, 라고 해."

"어머, 귀여운 이름이네."

조금 전까지의 퉁명스럽던 모습은 어디로 가버린 건지, 켄타는 양손을 맞잡으며 미소 지었다.

"…깜짝 놀랐어."

"그랬겠지. 나도 이런 말투가 튀어나올까봐 나름대로 필사적이었단 말이야. 휴, 차라리 잘됐지 뭐야. 이제는 나답게 있을 수 있겠어. 안심이야."

자세히 보니, 그의 인상이 다르게 보였다. 첫인상은 거칠었지만 지금은 왠지 귀여워 보였다. 그러자 그가 왼팔에 차고 있는 시계가 여성들이 즐겨 착용하는 모델인 것도 눈에 들어왔다. 그 사실이 그저 신기할 따름이었다.

"저… 켄타 씨는 오카마*이신 건가요?"

3초 정도 고민하다 그렇게 질문했다. 어릴 적부터 물어보고 싶은 것이 생기면 억누르지 못하는 성격이었다.

"켄타 씨라니, 멀미 난다, 자기야. 그냥 편하게 켄타라고 불러줘."

"으, 그건 좀 그런데……."

---

* 오카마. 남성의 신체를 가졌으나, 사회적 통념에 부합되지 않게 말하거나 행동하는 이를 지칭할 때 사용하는 용어다.

"뭐 어때서 그래. 나도 코토하라고 부를 테니까."

"말도 안 돼!"

"어머?"

켄타는 팔짱을 꼈다.

"하여튼, 정말 시끄러운 여자라니까. 켄타라고 불러. 알겠어? 앞으로 이 방에서는 이게 규칙이야."

나는 술술 대화를 이어가는 켄타에게 휘둘리기만 했다. 내가 눈을 동그랗게 뜬 채로 아무 말도 하지 않는 것을 동의했다는 의미로 이해했는지, 켄타는 만족스럽게 고개를 끄덕였다.

"방금 한 질문에 대한 대답은, '노우'. 난 오카마가 아니라 게이라구. 어떻게 다른지 알려줄까?"

"아니요, 괜찮습니다."

공손하게 거절하자 켄타는 입술을 삐죽이며 불만을 나타냈다.

"뭐, 어쨌든 잘 부탁해. 코토하도 삿포로까지 가는 거지? 종착역까지 즐겁게 지내자구."

켄타는 배낭에서 주스 같은 게 담긴 작은 병 하나를 꺼내 내게 주었다. 병의 겉면에는 영어로 이것저것 쓰여 있었다.

"에너지 드링크야. 말 태반이 들어 있어. 콜라겐이랑 비타민이 풍부해서 피부에 얼마나 좋은지 모른다구. 이래 봬도 수입품이라 비싼 건데, 알게 된 기념으로 주는 거야."

"필요 없어."

1초 만에 거절했지만 켄타는 책상 위에 올려둔 병을 쓱 하고 내밀었다.

"상대방이 친절을 베풀면 순순히 받아들일 줄도 알아야지. 괜찮으니까 가져가. 그건 그렇고, 코토하는 스물다섯 살쯤이려나?"

그의 정확한 예측에 놀란 나머지 고개를 끄덕였다.

"어머, 역시! 그럼 나랑 동갑이네. 나이가 비슷한 사람은 딱 보면 안다니까."

어쩜 저렇게 해맑게 웃을 수 있을까.

"켄타 씨… 아니, 켄타는 당연히 나보다 어릴 줄 알았어."

느낀 그대로 말했다. 얼굴만 보면 내 또래 같았지만 반바지를 입고 있어서 스무 살 언저리 정도로 보였다.

"당연하지, 하루도 빠짐없이 관리하는걸."

"관리?"

"세안이나 스킨케어 같은 것들은 꼼꼼히 챙기는 편이야."

"역시 오카마네."

"아니라니까!"

갈라진 목소리로 부정하는 켄타.

"나는 게이야. 남자의 모습으로 남자를 사랑하는 거라구."

할리우드 영화에 나오는 배우들처럼 유난스레 두 팔을 벌리며 말하는 통에 나도 모르게 웃음을 터뜨려버렸다. 정말 오랜만에 진심으로 웃어본 것 같다.

"어머! 왜 그래 진짜, 난 진지하다구!"

"미안 미안, 말하는 방식이 재밌어서 그랬어."

그와의 거리가 가까워진 것 같다는 느낌을 받았다.

이렇게 대화를 나누다 보면 서로를 이해하게 되기도 한다. 제대로 대화를 나누지 않으면 서로 이해하지 못한 채로 멀어지기도 하겠지.

"뭔가……." 하고, 내가 입을 열었다.

"처음 플랫폼에서 봤을 때와 인상이 달라져서 놀랐어."

"남자답게 보였지? 후후."

켄타는 자랑스레 웃어 보였다.

"지금이 얘기하기는 더 편해. 4인이라는 사실을 탐승한 뒤에 알게 돼서 엄청 긴장했거든."

"여자한테는 관심 없으니까 안심해도 돼."

그렇게 말하면서 켄타는 창문 밖의 풍경으로 눈길을

돌렸다. 나도 켄타를 따라 밖을 내다보았다.

빠른 속도로 스쳐 지나가는 근경 너머로 저물어가는
태양이 보였다. 하늘은 파란색에서 오렌지색으로 변해가
고 도시는 세피아 빛깔로 물들고 있었다. 날씨도 계속 바
뀌었다.

카이토가 사는 도시에서도 이 하늘이 보일까. 조금쯤
은 내 생각을 할까.

"말하고 싶지 않은 거라면 상관없지만 말이야, 아까는
왜 그렇게 표정이 어두웠던 거야? 긴장한 탓은 아닌 것
같았거든."

켄타는 여전히 풍경을 바라보며 말했다. 나는 그의 옆
모습을 바라보며 잠시 생각에 잠겼다. 우연히 같은 시간
에 같은 열차를 탄 여행자. 어디까지 얘기해야 할지 모르
겠다.

내가 망설이고 있다는 걸 눈치챘는지, 켄타는 부드러
운 억양으로 "말하는 게 이득일걸?" 하고 말했다.

"이득…? 그게 무슨 의미야…?"

"난 남자의 마음도 이해하고, 여자의 마음도 이해하니
까 양쪽의 입장에서 균형 있게 얘기해줄 수 있어서 이득
이라는 소리야. 지금 바로 상담하면 에너지 드링크가 공

짜랍니다."

쇼호스트처럼 목소리를 높이는 켄타.

"연애 문제라고 한 적 없는데."

켄타는 온 힘을 다해 저항하는 나를 보며 어이없다는 표정을 지었다.

"얼굴에 다 쓰여 있거든요. 됐으니까 얼른 털어놔. 시간은 충분하니까."

이까지 드러내며 크게 웃는 켄타를 보니 이미 진 것 같았다. 그런데 어째서일까? 조금은 안심이 되는 것 같기도 했다.

* * *

"그랬구나."

이야기를 다 듣고 난 켄타가 눈을 동그랗게 뜨며 말했다. 그가 내뿜은 전자 담배 수증기에서 바닐라 향이 났다. 아까 들은 바에 따르면 금연용 제품 중의 하나로, 니코틴 같은 성분은 전혀 없다고 했다. 전자담배의 배터리가 얼마 남지 않았는지 손잡이 부분에 빨간 램프가 깜빡이고 있었다.

"그러니까, 요약하자면…….."

켄타가 한 번 더 수증기를 내뿜으며 허공을 올려다봤고, 깜빡이던 전자 담배의 램프가 꺼졌다.

"카이토라는 남자친구와는 현재 장거리 연애 중. 최근 들어 어딘지 모르게 차갑게 느껴지고, 전 여자친구의 그림자도 보인다. 여기까지 맞아?"

"응."

"그리고, 토요일에 프로젝션 매핑이라는 걸 보러 가기로 약속했던 것을 완전히 까먹고 있었다. 그래서 충동적으로 카이토를 데리러 삿포로에 가는 중, 이라는 거지?"

"맞아, 맞아."

"흐음…….." 하고 고개를 끄덕이던 켄타는, 잠시 뜸을 들이더니 손가락으로 나를 똑바로 가리키며 말했다.

"자기야, 완전 스토커잖아?"

"자, 잠깐! 너무하잖아. 그런 거 아니라고!"

깜짝 놀라 뒤로 넘어갈 뻔했다. 어떻게 해석하면 그런 결론이 나는 걸까.

"우리는 사귀고 있는 사이라고. 연인이랑 스토커는 완전히 다르다니까!"

"그렇다면 왜 그렇게 슬퍼하는 거야?"

말문이 막혔다. 요 며칠 나를 괴롭히던 답답함은 슬픔에서 비롯되었다는 것을, 켄타의 말을 듣고 나서야 비로소 깨달은 것이다.

켄타는 아무런 말도 하지 못하는 나를 보면서 한숨을 내쉬더니, "있잖아." 하고 말을 이었다.

"코토하는 앞으로 어떻게 하고 싶어? 뭘 위해서 삿포로에 가려는 거야?"

고개를 숙이고 있었다는 걸 뒤늦게 깨달았다. 나는 천천히 머리를 들었다. 그 앞에는 날카로운 눈빛으로 나를 바라보는 켄타가 있었다.

"회사가 망해서 당장 내일도 어떻게 될지 알 수 없는 상황이라고 했지? 게다가 남자친구는 차갑기만 하고. 그거, 꽤나 불행한 거 아니야?"

"…역시 그런 걸까?"

"그런 거야."

켄타가 불쑥 내 앞으로 다가와서, 나는 그만큼 몸을 뒤로 젖혔다.

"넌 지금 불행 덩어리 같아 보여. 말하자면, 이별을 기다리는 상태라고 할까. 근데 그건 너무 슬프지 않아?"

"확실히 슬프기는 하지만, 그렇다고 불행하다고 생각

하지는 않아. 전부 다 내 오해일 수도 있잖아. 삿포로에 가는 건 그냥 갑자기 갈 수 있게 돼서 행동으로 옮긴 것뿐이야. 다른 깊은 의미는 없다고."

그래. 우연히 들어간 여행사에서 티켓을 예약한 것뿐이다. 카이토를 만나서 어떻게 할 생각인지는 나도 잘 모르겠다.

"인간의 행동에는 반드시 의미가 있어."

갑자기 철학자 같은 말을 던지는 켄타.

열차는 산간 지역으로 접어든 듯했다. 켄타의 말을 머릿속에서 되새기고 있자니 불안이 다시 고개를 치켜들고 엄습해왔다.

"카이토를 만나면, 나는… 그 다음에 어떻게 해야 할까?"

켄타에게 묻긴 했지만, 사실은 나 자신에게 던지는 질문이었다.

"코토하는 말이야, 정답이 필요한 거야. 앞으로 나아가기 위한 정답 말이야."

"그건……."

"남자친구와의 상황이 확실히 해결되지 않은 채로는 앞으로 나아갈 수 없겠지. 그래서 충동적으로 이 열차에 올랐을 거고. 그렇지만, 그건 훌륭한 선택이라고 생각해."

켄타는 눈을 동그랗게 뜨며 씨익, 하고 입꼬리를 올려 보였다.

"그럴까……."

자신감이 사라지면서 목소리가 작아졌다. 열차의 진동 소리가 커진 것 같은 기분이 들었다.

"인간은 약한 존재라서 자신이 처한 환경에 순응하며 살아가. 슬픈 기분도 언젠가는 일상이 되니까. 슬픔에 무 뎌지도록 만들어서 자신과 슬픔을 융합시키지. 그렇게 어 떻게든 소화하며 살아간다구. 보지 않은 셈 치는 거야. 그 런데 코토하는 그렇게 하지 않았잖아. 용기 있는데?"

"용기?"

"무너져가는 사랑을 지켜보는 용기."

"하!"

나는 목소리를 높였다. 추켜세우며 북돋다가 갑자기 비꼬다니! 도무지 이해할 수 없었다.

"무너져간다니, 그게 무슨 말이야! 나와 카이토는 이 정도로 끝날 사이가 아냐. 난 앞으로도 카이토랑 계속 깉 이 있기 위해서 그를 만나러 가는 거라고. 무례한 소리 좀 하지 마."

끝이라니, 그런 생각은 하고 싶지 않았다. 그래, 이건 불안을 해소하기 위한 여행인 거야.

"네네, 알겠습니다요."

항복했다는 듯이 양손을 번쩍 들어 올린 켄타는 억지 웃음을 지었다. 나는 그 모습에 더 열이 오르고 말았다.

"켄타는 정말이지, 섬세함이라는 게 없는 것 같아!"

휙, 하고 고개를 옆으로 돌리자 켄타는 재밌다는 듯이 웃음을 터뜨렸다.

"아하하. 섬세함이라니, 그런 말을 쓰는 사람은 처음 봤어. 그렇게까지 화낼 필요는 없잖아. 우리도 조금씩 이 야기를 나눠보자구."

켄타는 정말 이상한 사람이었다. 묘하게 내 마음을 꿰 뚫어 보는 것 같았지만… 함께 있는 게 싫지만은 않았다.

"실례합니다."

밖에서 문을 두드리는 소리가 들렸다.

"들어오셔요."

켄타가 대외용 목소리로 대답하자, 문이 열리며 열차 의 차상님이 들어왔다. 남색 유니폼 차림의 흰머리가 잘 어울리는 남자였다.

"저희 열차에 탑승해주셔서 감사드립니다. 잠시 탑승 권을 확인하겠습니다."

"아, 네."

티켓을 찾아 가방을 뒤적거렸다.

"귀여운 차장님이잖아. 내 타입인데?"

켄타가 내게 다가와 작게 속삭였다.

"어우, 조용히 해."

나도 목소리를 작게 하며 대답했다. 정말이지, 이해할
수 없는 사람이라니까.

차장님은 옛날 스타일의 펀칭기로 티켓에 구멍을 뚫었
다. 그는 우리에게 티켓을 돌려주며 "감사합니다."라고
웃으면서 말했다. 보통은 체크용 스탬프만 찍어주고 끝내
는데, 이런 이벤트 열차에서는 특별히 펀칭기를 사용하는
듯했다.

티켓을 건네받은 켄타가 "앗! 맞다, 차장님!" 하고 밖
으로 나가려는 그에게 말을 걸었다.

"식당 칸은 예약을 해야 이용할 수 있나요?"

"시간에 따라 다르지만 오늘은 자리가 조금 남아 있습
니다. 원하시면 예약해드릴까요?"

식당 칸은 비싸다고 들었는데, 켄타는 경제적으로 여
유가 있는 모양이었다.

"그럼, 지금 바로 2인 테이블로 예약 부탁해요."

마치 마담이 하인에게 말하는 것 같은 억양에 놀랐지만, 그보다 더 놀란 건…….

"2인이라니… 나도?"

"물론이지, 그럼 여기 또 누가 있어?"

켄타는 당연하다는 듯이 나를 돌아보며 말했다.

"나는 됐어. 도시락도 사 왔고."

바깥 풍경이 어두워지기는 했지만, 이제 겨우 오후 다섯 시를 조금 지났을 뿐이다. 저녁 식사를 하기에는 너무 이른데…….

"어머, 그게 무슨 상관이야? 혼자 먹으면 맛도 없잖아. 내가 쏠 테니까 걱정하지 말라구. 곧 갈 테니까 자리 좀 잡아줄래요?"

켄타의 이질적인 말투를 듣고 눈을 휘둥그레 뜨던 차장님은 순식간에 표정을 갈무리했다. 그러고는 "네, 알겠습니다." 하고 인사를 남기더니 문밖으로 모습을 감췄다.

"아… 제발 마음대로 결정하지 마. 게다가 아직 저녁 먹을 시간도 아니라고."

"코토하. 인간은 자유로운 동물이야. 먹고 살기도 힘든 세상이라 잊어버리곤 하지만, 여행이라면 얘기가 달라지지. 시간에 얽매이다 보면 사랑에도 얽매이게 되는 법이라구. 맛있는 요리나 먹으면서 나머지 이야기를 나누자구요."

켄타는 훌쩍 자리에서 일어나 재빠르게 문을 열더니, 내게 고갯짓하며 재촉했다. 아무래도 이 사람은 턱으로 의사 표현을 자주 하는 타입인가 보다.

"됐으니까, 빨리 좀 움직이라구."

켄타가 시끄럽게 잔소리를 해대는 통에, 나는 마지못해 몸을 일으켰다.

화물선의 선로를 이용하고 있다지만 자리에 앉아 있을 때는 열차가 흔들리는 것을 그다지 느끼지 못했는데, 식당 칸으로 이동하는 동안에는 그렇지 않았다.

아무튼, 우리가 머무는 6호차의 바로 옆 칸인 7호차가 식당 칸이었다. 문을 열자 차장님이 스태프와 이야기를 나누고 있는 모습이 보였다. 아마도 우리들의 식사 예약에 관한 이야기겠지. 스태프는 머리카락을 깔끔하게 하나로 묶었고, 꽃무늬 앞치마를 입고 있었다.

우리를 알아본 스태프가 미소 지으며 가까이 다가오더니, 고개를 숙였다.

"예약해주셔서 감사합니다."

"어머나, 예약이라고 할 것까지야. 방금 부탁했는데? 난 뭐든 생각하면 바로 행동해버리거든요. 갑자기 부탁해서 미안해요."

더 이상 자신의 말투를 감추려고도 하지 않는 켄타를 보면서도, 그녀는 눈 하나 깜빡하지 않고 옆에 놓인 2인용 테이블을 가리켰다.

"이 자리로 괜찮으실까요?"

"물론이죠."

말이 끝나기가 무섭게 자리에 앉는 켄타에게 이끌려 나도 자리에 앉았다. 방에서 보던 풍경과는 다르게, 반대편 창문 너머에는 아직 저녁노을이 붉게 펼쳐져 있었다.

"식사는 코스로만 제공되고 있습니다. 괜찮으실까요?"

"그럼요, 괜찮아요. 레드 와인도 함께 부탁해요."

"네, 알겠습니다."

레드 와인을 고르는 켄타의 뒤로, 다른 승객들이 식사하는 모습이 보였다. 아직 이른 시간임에도 자리가 절반 이상 차 있었다. 젊은 사람들은 거의 보이지 않았고 손님의 대부분이 황혼기 부부였다.

코스 요리라고 하니 아무래도 가격대가 높을 것 같았다. 가격을 보려고 테이블 위에 놓인 메뉴판을 집어 들자마자 켄타에게 메뉴판을 빼앗기고 말았다. 결국 켄타의 뜻대로 가만히 앉아서 주변을 둘러보았다. 테이블보가 노을빛으로 물들어 있었다. 낮에만 해도 회사에 있었는데, 지금은 심야 특급열차에 타고 있다니. 기분이 묘했다.

"다들 삿포로로 가는 거겠지?"

열차 안을 둘러보며 묻는 내게, 켄타는 어리둥절한 표정으로 고개를 갸웃거렸다.

"그렇다고만은 할 수 없지."

"왜? 이 열차는 삿포로행이잖아?"

"최종 목적지는 그렇지만. 아까 오사카에서 멈췄잖아? 앞으로 하마마츠랑 우에노에서도 멈출 거야. 거기서 내리는 사람들이 있을 거라구. 속도로 따지면 신칸센이 훨씬 빠르겠지만, 여행의 맛을 느끼기 위해 타는 사람도 있는 거지."

"음……."

지금의 나는 이해할 수 없었지만, 나도 언젠가 인생의 황혼기를 맞이한다면 이런 운치 있는 분위기를 원하게 될지도 모르겠다. 나처럼 당장이라도 떠나고 싶다는 일념만으로 무작정 출발한… 그런 사람은 없겠지. 같은 열차에 타고 있으면서도 나만 다른 것 같은 소외감이 들었다.

켄타는 테이블 위에 팔꿈치를 올린 상태로 두 손에 깍지를 끼우더니, 그 위에 턱을 괴었다.

"우에노를 지난 다음부터는 더 많은 역에서 멈추게 될 거야. 정차 시간이 긴 역에서는 플랫폼으로 나가 사진을 찍을 수도 있다구."

"오오……."

"오오라니, 얘 좀 봐!"

감탄하는 내게 켄타는 눈썹을 찌푸리며 말했다.

"어디에서 멈추는지도 확인하지 않고 탑승한 거야?"

"그야 갑자기 결정했으니까. 실은, 내일 점심에 삿포로에 도착한다는 정보 말고는 아는 게 없단 말이지."

켄타는 나를 보며 이상하다는 듯이 소리 내어 웃었다.

"정말이지 재미있는 애라니까."

"동갑이라고 했잖아!"

이러쿵저러쿵하는 사이에 레드 와인과 애피타이저가 나왔다. 스태프가 와인을 잔에 따르며 애피타이저는 '도미 카르파초와 가라스미 소스를 곁들인 문어'라고 설명해 주었다.

"자, 코토하. 잔 들고."

나는 와인 잔을 눈앞에 들어 올렸다.

켄타는 가볍게 고개를 끄덕이더니, 입술을 핥은 다음 비스듬히 위쪽 방향을 쳐다보았다. 그리고는 이내 내게로 시선을 다시 돌렸다.

"좋은 여행이 되기를."

켄타가 읊조리며 잔을 내밀었다.

"좋은 여행이 되기를……."

정말 좋은 말이라고 생각했다. '여행 중이구나.' 라는 걸 다시 한번 느낄 수 있었으니까. 나도 미소를 지으며 켄타와 건배를 나눴다.

메뉴의 특색을 잘 느낄 수 있도록 애피타이저는 접시까지 차갑게 세팅되어 있었다. 한 입 먹자마자 생선의 달콤함이 입 안에 퍼졌다. 문어도 평소에 맛보던 것과 확연히 다른 맛이어서 놀라움을 금치 못했다.

"그래서 말이야, 정차 역에 대한 이야기를 이어서 하자면……."

나이프와 포크를 사용하지 않고 젓가락만으로 음식을 먹던 켄타가 말했다.

"응, 이야기해."

와인에는 기분을 부드럽게 만드는 힘이 있는 것 같다. 오늘 처음 만난 사람인데도 불구하고 어느 틈엔가 마음의 벽이 완전히 허물어져 있었다.

"우에노를 지난 다음부터 큰 역만 꼽아도 우츠노미야

와 코오리야마, 그리고 센다이가 있어. 홋카이도에 들어선 다음에는 하코다테와 무로란이라든지… 뭐, 어쨌든 고베를 출발해서 삿포로에 도착할 때까지 적어도 20개 정도의 역에 정차하게 될 거야."

고베에서 바로 삿포로까지 가는 거라 생각했는데, 그럼 탑승객이 그만큼 줄어서 수익성이 떨어지겠구나 하는 생각이 들었다.

"마치 시간 여행을 하는 것처럼 정차할 때마다 풍경이 변해. 난 밤중에도 정차하면 커튼을 열어 역 이름을 확인하고는 했어. 그러면 조금씩 삿포로에 가까워지고 있다는 게 느껴지거든. 정말이지 얼마나 두근거리는지 몰라."

켄타는 그립다는 듯이 말했다.

"켄타는 전에도 이 열차를 타봤어?"

"어머, 내가 말 안 했나? 벌써 열 번 이상은 탔을 걸."

켄타는 왠지 수줍어했다. 난 처음 보는 그의 표정에 당황하고 말았다.

"그럼 대선배네! 이것저것 많이 알려줘."

"알려주고 말고 할 것도 없어. 타고 있으면 삿포로에 도착할 거야."

켄타는 남은 와인을 남김없이 비우더니, 크게 한숨을

내쉬며 나를 바라보았다.

"음… 그래도 일단 알려주자면, 이 열차는 열한 칸으로 이루어져 있어. 첫 번째 칸은 고급 객실. 중간에는 화물 전용으로 사용되는 칸이 있고, 그다음에 우리들이 머무는 4인실 칸이 있어. 안쪽에는 자유롭게 대화할 수 있는 공간, 바 같은 게 마련되어 있자. 이어서 식당 칸이 나와. 그 뒤로는 가격대가 저렴한 객실들이 쭉 이어져 있고. 심야 특급열차는 움직이는 호텔 같은 거라고 생각하면 돼."

움직이는 호텔이라는 말이 굉장히 잘 어울렸다. 여행 자를 태우고 북상하는 이동식 호텔. 눈을 뜨면 목적지에 도착해 있다니, 얼마나 매력적인가.

"옛날에는 심야 특급열차가 아주 많았다고 하더라구. 그런데 요즘에는 여유롭게 시간을 즐기는 사람들이 점점 줄어들고 있는 것 같아. 코로나 여파로 더 많은 노선이 취소된 탓에, 고베에서 출발하는 티켓은 좀처럼 구하기가 어려워졌단 말이지."

그 말투에 어쩐지 조금 웃음이 났다.

"후훗, 꼭 옛날 사람들이 요즘 시대를 한탄하는 것 같네."

"어머, 실례잖아!"

입술을 삐죽이던 켄타가 익숙한 손짓으로 와인을 더

주문했다. 샐러드와 메인 스테이크도 마치 고급 레스토랑에서 먹는 것처럼 완벽했다. 차이점이 있다면, 그건 아마 발밑에서부터 전해지는 흔들림이 있다는 것.

그렇지만 식사가 진행될수록 그것마저 신경 쓰지 않게 되었다. 인간은 환경에 익숙해지는 법이라고 했던가.

"있잖아, 켄타는 항상 4인실을 예약하는 거야?"

켄타는 얼굴을 발그레 붉히며 고개를 끄덕였다. 그 모습이 조금 귀여워 보이는 건, 나도 취해서겠지.

"응, 그렇지. 개인실을 이용해본 적이 딱 한 번 있는데⋯ 뭔가 수다 떨 사람들이 없으니까 재미없기도 하구. 그래서 그 이후로는 항상 4인실로 예약하고 있어."

"나도 개인실이 더 좋을 줄 알았어. 그렇지만 지금은 켄타와 같은 방에 묵게 되어서 다행이라고 생각해."

"어머! 안심하기엔 아직 이르다구."

켄타는 불길한 미소를 지으며 얼굴을 가까이 가져다 댔다.

"앞으로 두 명이 더 올 텐데, 어떤 사람이 타게 될지 모르는 거라구. 여행은 동승자가 누구냐에 따라 완전 달라질 수 있단 말이야."

딱히 그럴 필요도 없는데, 어째서인지 켄타는 속삭이

듯이 말했다.

"그런 거야?"

"그런 거야!"

디저트로 나온 딸기를 입에 가득 넣고서 켄타는 말을 이었다.

"방금 나고야를 지났잖아?"

"뭐? 벌써?"

정신을 차리고 보니 상당한 시간이 흘러버린 듯했다. 느긋하게 코스 요리를 맛본 탓일지도 모르겠다.

"어쩌면 이미 누군가가… 그 방에 있을지도 모르지."

"그럴 가능성도 있겠네. 하지만 마음에 들지 않는 사람이 오면 말을 안 하면 되잖아?"

억지로 이야기를 나눌 필요는 없으니, 크게 달라질 것 같진 않았다.

"아휴, 물러터졌다니까."

켄타가 검지로 나를 가리키며 말했다.

"잠깐만, 손가락질은 하지 않았으면 좋겠는데."

"실례. 하지만 지난번에 탔을 때 어땠는지 알아? 다른 승객이랑 재밌게 얘기하고 있는데, 우에노에서 탄 할머니가 '조용히 해주세요! 잠을 못 자겠잖아요!' 하고 소리 지르는 거야. 아, 정말! 진짜 최악이었어!"

꽤나 쓰라린 기억이었는지, 켄타는 미간을 잔뜩 찌푸리고 있었다.

"그렇게나 늦게까지 얘기했어?"

"어머? 내가 말 안 했나? 실은 나, 열차 안에서 잠을 못자. 한숨도 못 자거든. 그러니 아침까지 이야기하는 수밖에."

"뭐?"

"그런 의미에서, 이번에도 밤새 떠들 거니까 잘 부탁해."

켄타는 우아하게 미소 지으며 건배하듯 잔을 들어 올렸다. 와인을 다 마신 켄타가 자리에서 일어나 걸음을 옮겼다.

"잠깐만, 밤새 떠들 거라는 말은 없었잖아."

나는 좁은 통로를 지나가는 켄타에게 말을 걸었다.

"괜찮아."

"뭐가 괜찮다는 건지 모르겠는데요."

"어떤 밤을 보냈든, 누구에게나 아침은 평등하게 찾아오는 법이니까."

켄타는 열차 때문인지 취기 때문인지 모르겠지만, 비틀거리며 걷고 있었다. 그런 그의 등을 보고 있자니 카이토의 모습이 떠올랐다. 전혀 닮지 않았는데도 말이다.

처음으로 카이토와 단둘이서 바에 갔을 때, 고백을 받을 것 같다는 예감이 들었다. 그날의 바는 조명 때문에 푸른빛으로 물들어 있었다. 창문 너머로는 고베의 항구가 내려다보였다. 카이토는 익숙한 듯이 술을 시켰지만, 나중에 들은 바에 따르면 처음 가본 가게였다고 했다.

우리 두 사람은 조명 때문에 어떤 색인지도 알아보기 힘든 칵테일을 몇 잔이나 마셨다. 그는 회사나 삿포로에 대한 이야기만 계속해서 늘어놓았고, 나도 때때로 찾아오는 침묵을 메우듯 이야기를 했다. 해야 할 중요한 이야기가 있는 걸 알면서도 얼버무려 넘기는 기분이었다.

적당히 취기가 오른 우리들은 계산을 마치고, 비틀거리며 엘리베이터에 올랐다. 카이토는 내게서 등을 돌린 채로 서서, 문이 닫히려고 할 때마다 엘리베이터의 버튼을 눌렀다. 문은 몇 차례나 여닫히기를 반복했다.

"취했어?"

내가 물었다.

"그럴지도."

달콤한 목소리로 대답하며 웃는 카이토.

비틀비틀 흔들리는 카이토의 뒷모습을 바라보다, 나도 모르게 "좋아해." 라고 고백했다.

"나도."라고 대답하는 카이토를 보며 비겁하다고 생각했지만, 단지 그뿐이었다. 나는 행복한 기분에 휩싸이고 말았다.

사랑의 스타트 버튼을 누른 것은 나였다.

어느새 4인실 방의 문 앞까지 와 있었다.

"어머? 열쇠가 없는데?"라며 주머니를 뒤지는 켄타 탓에 추억을 곱씹는 건 여기까지.

"비켜봐."

열쇠를 꽂으려던 찰나에 알아차렸다. 문이 조금 열려 있었다. 켄타도 눈치챈 모양인지 음흉하게 웃더니 노크도 하지 않고 문을 열었다.

"실례합니……."

켄타는 말하다가 말더니, 굳은 것처럼 멈춰 섰다. 뭔가 이상했다. 나는 힐끔거리며 실내를 엿보았다.

어떤 여자가 4인용 소파에 앉아 울고 있었다. 드라마의 한 장면처럼 손수건으로 눈을 가린 채였다. 우리를 본 여자는 갑자기 어깨를 떨며 오열했다.

"죄, 죄송합니다……."

우리가 들어오는 걸 봤지만, 눈물이 멈추지 않는 모양이었다.

"어머나, 재밌는 동료가 늘었네."

켄타가 장난스럽게 키득거렸다. 나는 조용히 그의 등을 떠밀었다.

나와 켄타가 여자의 맞은편에 앉자, 서로 마주 보고 앉은 모양새가 되었다. 여자는 고개를 숙인 채 눈물을 닦고 있었다. 마스카라가 번져서 눈 주위가 까맸다. 실례되는 말이지만, 팬더와 닮은꼴이었다.

"나는 켄타야. 그리고 이쪽은 코토하."

"손가락질하지 말라니까. 안녕하세요. 코토하라고 해요."

"……."

여자는 계속해서 흐느끼며 고개를 끄덕였다.

"조금 진정이 되면 이름 좀 알려줄래? 성은 말할 필요 없어. 어차피 기억하지 못할 테니까."

내게 했던 말을 똑같이 한 켄타는 전자 담배를 켰다.

"잠깐, 화장실에 다녀올게요."

여자는 그렇게 말하더니 작은 가방을 들고 방을 빠져나갔다. 또다시 키득거리고 있는 건 아닐까 싶어 켄타의 얼굴을 살펴보았지만, 켄타는 의외로 진지한 표정을 하고서 닫힌 문을 바라보고 있었다.

"큰일이 있었나봐."

뿌연 수증기를 뿜어내며 중얼거리던 켄타는 이내 눈을 감았다.

"사람은 힘든 일 때문에 무너질 정도가 되면 저런 모습으로 울어."

"그래?"

"마음 깊숙한 곳에서부터 차오르는 슬픔 때문에 토하듯이 울어본 적, 없는 거야?"

"없었을걸? 아마도……."

그러고 보니, 마지막으로 울었던 게 언제였지? 어렸을 적으로 거슬러 올라가려는 기억에 브레이크를 걸었다. 그렇게 오래되지는 않았을 텐데. 영화를 보고 울었던 적도, 음악을 듣고 울었던 적도 있다. 하지만 제목이나 내용은 기억나지 않았다.

"나는 자주 우는데."

속 편해서 좋겠다는 말이 하고 싶은 건가? 반박하려고 입을 열었다가 그만두었다. 지금은 나보다 그 여자가 걱정이니까. 같은 방이라는 이유만으로 어떻게든 도와주고 싶어진다는 것이 이상할 따름이었다.

여자는 머지않아 쭈뼛거리며 방문을 열고 들어왔다.

"조금 전에는 죄송했어요."

화장을 고친 모양인지, 얼굴에 번진 마스카라 자국이 지워져 있었다. 나이는 30대 후반 정도일까? 어깨에 닿는 중단발의 곱슬머리가 뻗쳐 있었다. 여자가 불안한 표정으로 나와 켄타를 보았다.

"괜찮아. 자, 앉으라구."

켄타가 턱으로 소파를 가리켰다. 여자는 눈을 동그랗게 뜨며 자리에 앉았다. 켄타의 말투 때문에 조금쯤 놀란 것처럼 보였다.

"다시 한번 자기소개를 해볼까? 내 이름은 켄타야."

"코토하예요."

나도 재빠르게 이름을 말했다.

"히로코예요."

"히로코구나. 잘 부탁해. 이 방에서는 서로를 이름으로 부르는 게 규칙이야. 그러니 히로코도 우리를 이름으로 불러줬으면 해."

히로코는 당혹스러운 기색으로 고개를 끄덕였다. 하기야 규칙이라고 해도 켄타가 멋대로 정한 것일 뿐이었다.

"저기… 실례일지도 모르겠지만……."

갑자기 히로코가 눈을 치켜뜨며 켄타를 바라보았다. 응, 그럼 그렇지. 이제 그 질문이 나오겠네.

"저기, 켄타 씨… 아니, 켄타는……."

"나는 오카마가 아니야. 게이라구."

켄타가 먼저 선수를 친 것 같았다.

"아, 그렇군요."

약간이었지만 히로코의 표정이 풀렸다. 마치 암호가 풀린 것처럼 기뻐하는 얼굴이었다. 하지만 여전히 슬픔이 남아 있었다.

"곧 익숙해질 거예요."

그런 내 말에, 히로코는 빙긋 미소를 지었다.

"네, 뭔가 즐겁네요."

"모처럼 같이 가게 됐으니까, 히로코에 대해서도 알려 줘."

켄타는 역시 좀 이상한 사람이라고 다시 한번 생각했다. 첫 만남부터 이렇게 서슴없이 상대방의 개인 사정을 파고드는 사람은 흔하지 않을 것이다. 보통이라면 상대방이 화를 내도 이상하지 않았다.

세상에는 벽이 느껴지지 않는 사람들이 있다. 다가가기 쉬우니 인기도 많다. 예전에는 그게 부러웠지만, 지금은 그렇지 않다. 눈에 잘 띄는 사람은 비판에도 쉽게 노출되는 법이니까.

어리둥절한 표정을 짓던 히로코가 갑자기 시선을 떨구는 모습을 보며, 내심 그녀도 나와 같은 부류의 사람일지도 모르겠다고 생각했다.

"저에 대해서라니… 그런 건 딱히… 아무것도…….."

갈피를 못 잡고 횡설수설하는 히로코를 향해 켄타는 검지를 들어 올렸다.

"아무것도 없을 리가 없잖아. 조금 전에 왜 울고 있었는지 말해보라구."

히로코는 헉, 하고 숨을 들이켰다. 눈동자가 한순간에 촉촉해졌다.

"그러지 마."

툭, 하고 팔꿈치로 켄타의 옆구리를 찔렀다.

"꺅, 아프잖아. 뭐 하는 거야!"

"아직 만난 지도 얼마 안 됐는데 그러면 실례라는 걸 알려주는 거잖아! 갑자기 너무 무례했죠?"

히로코를 향해 묻자, 그녀는 애매하게 고개를 끄덕였다.

"죄, 죄송해요. 저는…….."

콧물을 훌쩍이던 히로코가 손수건으로 눈가를 훔쳤다. 손수건은 방금 전에 닦은 눈물로 젖어 있었다. 그녀의 모습을 보고 있자니 마음속 깊은 곳이 술렁였다. 슬픔이라는 건, 다른 사람에게 전염되는 것일지도 모르겠다.

"싫다면 강요하지는 않을게. 하지만 다른 사람에게 툭 까놓고 말하는 것만으로도 조금 편해지거나 진정이 되기도 하거든."

켄타는 보살 같은 미소를 지어 보였다. 하지만 히로코는 아직 망설여지는지 창문 너머로 잠시 시선을 돌렸다. 이미 어두워진 창문 너머로 도시의 불빛들이 유성처럼 스쳐 지나가고 있었다.

나는 누군가에게 내 이야기를 해본 적이 별로 없었다. 나츠미에게도 오늘에서야 제대로 이야기했을 정도였다. 생각해보니 어렸을 때부터 모든 걸 터놓을 수 있는 친구가 없었던 것 같다.

"툭 까놓는다니, 이상한 말이네."

무심코 튀어나온 내 말에, 켄타가 못생기게 표정을 구겼다.

"자기야, 지금 그런 말을 할 때가 아니잖아."

그렇게 말한 후에 켄타는 "하지만."이라며 말을 이어나갔다.

"확실히 과장된 말이긴 하네. 툭 까놓는다니, 거친 말이야."

"그치? 좀 더 예쁜 표현을 쓰는 게 좋을 것 같지 않아? 본심을 꺼낸다거나, 솔직하게 말해본다거나."

언뜻 본 히로코는 표정이 부드러워지고 있었다.

"그렇군요."

히로코가 고개를 끄덕였다.

"저도 그럼, 본심을 꺼내볼게요."

"강요하지 않았다는 건 잊지 말라구."

농담조로 이야기하는 켄타에게 휘둘려 히로코도 하얀 이를 드러냈다.

"괜찮아요. 지금 이대로라면 어두운 기분으로 하코다테에 도착하게 될 것만 같아서요."

히로코의 목적지는 하코다테였구나. 같은 홋카이도지만 삿포로와는 거리가 꽤 떨어져 있는 곳이었다.

"그런데, 히로코는 왜 하코다테에 가려는 거야?"

켄타가 물었다.

"본가가 그쪽이거든요."

"히로코는 하코다테에 있는 본가로 돌아가는 중이구나."

이번에는 상담사라도 된 것처럼 히로코의 말을 되새기던 켄타가 갑자기 몸을 앞으로 쭉 내밀었다.

"있잖아, 실은 나 말이야, 사람들이 무슨 생각을 하는지 알 수 있어. 초능력이라고 할 정도는 아니고, 그냥 직감 같은 거야. 근데 이게 꽤 맞거든. 실례인 줄은 알지만 솔직히 물어볼게. 히로코는 이혼하고 본가로 돌아가는 거지?"

나는 깜짝 놀라서 뒤로 넘어갈 뻔했다. 그런 걸 잘도 물어보는군.

그러나 히로코는 부정하지 않았다. 오히려 묘하게 수긍하는 투로 반응했다.

"아뇨… 이혼은 아니고 별거예요. 잠시 동안 떨어져 지내기로 해서, 집으로 돌아가는 거예요."

나는 고통스럽게 이야기를 털어놓는 히로코에게 해줄 수 있는 말이 아무것도 없었다. 결국 그대로 시선을 떨어뜨리고 말았다. 켄타도 입을 열지 않았다.

"15년 전에 결혼하면서 나고야로 이주했어요. 그전에는 치바에 살았거든요."

"아, 그래?"

전혀 관심이 없다는 듯이 켄타가 말했다. 자기가 물어봤으면서, 하여튼 참 이상한 사람이었다. 히로코는 잠시 뜸을 들인 후 말을 이었다.

"스물두 살이었어요. 지금은 서른일곱 살이니까 15년이나 흐른 거죠."

히로코는 어쩐지 자신에게 말을 거는 듯한 말투로 말했다.

"바람?"

켄타의 질문에, 히로코는 순간 무슨 말인지 모르겠다는 듯이 당황스러운 기색을 보였다. 그러다 겨우 의미를 이해한 것인지 미소를 지어 보였다.

"아…! 아니요. 그런 건 아니에요. 남편은 다정한 사람이에요. 그런 짓을 할 사람이 아니에요."

"바람을 피우는 게 아니라면… 빚이 많다든가?"

"아뇨, 아뇨."

거듭 손을 저으며 대답하는 히로코.

"켄타, 끝까지 들어야지."

보다 못한 내가 주의를 주자 켄타는 지루하다는 듯한 표정을 지었다.

"하지만 이상하잖아. 바람도 안 피우고 빚도 없는 다정한 남편이랑 도대체 왜 별거하려고 하냔 말이지."

"저, 저기… 그게 아니에요. 제 잘못이에요."

갈라진 목소리가 눈물의 빛으로 물들었다.

"아주, 아주 오랫동안 남편에게 죄책감을 가진 상태로 결혼 생활을 이어왔어요. 그런데 이제는 더 이상 견딜 수 없게 되어버린 거예요."

그녀의 눈에서 조용히 눈물이 흘러내렸다. 공기순환기의 소리와 레일 위를 달리는 열차 소리만이 방 안을 가득메웠다.

히로코는 어깨를 들썩이며 크게 한숨 쉬었다.

"아이가 생기지 않았어요."

히로코가 차분한 목소리로 말했다. 마치 꾸중을 듣는 아이처럼 어깨를 축 늘어뜨린 채.

상상도 하지 못했던 이유였다. 무슨 말이라도 하고 싶었지만, 어떤 말을 해도 경솔하게 들릴 것 같았다. 그저 고개를 끄덕이는 것 말고는 할 수 있는 게 없었다. 켄타는 전자 담배를 입에 물고 하얀 수증기를 공중으로 뿜어냈다.

"남편은 다정한 사람이라 아이는 필요 없다고 말해주었죠. 그런데 결혼 생활이 오래되면 자연스럽게 알게 되더라고요. 그가 아이를 좋아한다는 것도, 그의 부모님께서 손자를 재촉하고 있다는 것도요."

"그랬구나."

코에서 연기를 뿜어내던 켄타의 말투는, 조금 전보다 부드럽게 들렸다.

"검사도 받고, 당연히 치료도 했어요. 할 수 있는 건 다

했는데도, 어떤 방법을 써도 생기지 않았어요."

"그래서 별거하기로 했다?"

"저는 이혼을 하고 싶다고 했어요. 그런데, 그는 받아들일 수 없다고 했죠… 그래서 일단은 별거하기로 했어요."

히로코는 한숨을 내쉬며 대답했다.

"사랑하는데 왜 더 노력해보지 않고 헤어지려는 거죠?"

나도 모르게 물어보고 말았다. 히로코는 나를 보더니 조금 자조적인 미소를 지어 보였다. 이런 상황인데도 불구하고 그 모습이 아름답게 보였다.

"그는 저보다 두 살이 많아요. 이제 서른아홉이죠. 재혼을 해서 아이를 가지고 새 가정을 꾸리려면 지금밖에 없을 것 같았어요."

"그래서 남편은 뭐라고 했는데?"

그렇게 묻는 켄타를 향해 히로코는 천천히 고개를 저으며 대답했다.

"남편은 이혼은 절대 하지 않을 거니 아이에 집착하지 말라고… 하지만 잠깐이라도 떠나보고 싶었어요. 그 경험으로 남편의 생각이 변할지도 모르니까요."

"그래서 그냥 무턱대고 집을 나와버렸다는 거야?"

켄타의 말에 히로코는 깜짝 놀란 표정을 지었다가, 가

만히 켄타를 바라보았다.

"어떻게 아셨어요?"

"역시 그랬네. 별거라고 했지만 히로코가 멋대로 정한 것뿐이고, 그마저도 반대하니까 집을 뛰쳐나온 거잖아?"

"어떻게 그걸 아는 거야?"

나도 물어보았다. 히로코는 그런 말을 한마디도 하지 않았는데…?

켄타는 "너무 당연하잖아."라며, 히로코의 가슴 언저리를 손가락으로 가리켰다. 손가락질하는 것이 그의 나쁜 습관인지도 모르겠다.

"그 옷, 일상복이잖아. 아무리 별거라고 해도, 어쨌든 장거리 여행이니까 외출용 옷을 입는 게 보통이지. 그게 아니라면 엄청난 패션 테러리스트이거나?"

긴 소매 스웨터에 청바지를 입은 히로코. 가벼운 차림으로 보일 수도 있겠다.

"뭣보다, 저것 보라구."

켄타의 말에 히로코가 앉아있는 소파 옆에 놓인 짐을 보았다. 집 근처 마트에나 들고 다닐 것 같은 토트백이 놓여 있었다.

"아무리 그래도 짐이 너무 적잖아. 그렇다는 건, 뭔가 다른 이유가 있어서 뛰쳐나왔다는 거지."

"대단한데……."

히로코는 부끄러워하며 자신의 옷차림을 살펴보았다. 솔직히 켄타를 다시 평가해도 좋을 것 같다는 생각이 들었다. 겉모습만으로 그렇게까지 알아보다니, 관찰력이 뛰어나다는 말밖에는 할 말이 없었다.

"그런데, 참 이상하지 않아?"

불쑥, 켄타가 말했다.

"이상하다니?"

내가 묻자, 켄타는 천천히 고개를 끄덕였다.

"그럼, 왜 울고 있었던 거야?"

그 말에 히로코의 표정이 굳어지는 것이 보였다.

"본인의 의지대로 집을 나간 거잖아? 바라던 게 이루어졌으니 보통은 안심해야 하는 것 아니야? 그런데, 오열하고 있었어."

"그건……."

히로코는 뭔가를 생각하듯이 시선을 돌렸다.

"실은 남편과 헤어지고 싶지 않았던 거야. 그래서 울고 있었던 거 아니야?"

"그럴지도 모르겠네요."

히로코는 자신의 답이 모호하다고 생각했는지, 강한 어조로 말을 이었다.

"하지만 제게는 그게 최선이었어요. 계속 이런 상태로 함께 살 수는 없었으니까요."

문득, 나도 깨달았다.

"히로코 씨."

"히로코라고 불러야지."

구태여 반말로 정정하려 드는 켄타는 무시했다.

"어쩐지, 저도 그 기분을 알 것 같아요."

"네가 뭘 안다는 거야."

나는 자꾸 핀잔주는 켄타를 곁눈질로 노려보았다.

"저도 같은 입장일지도 몰라요. 나만 조용히 하면, 행동하지 않으면, 이대로 없었던 일처럼 지나갈지도 모른다고… 하지만 한편으로는 마음 깊은 곳에서 '이대로는 안 되겠다.'라고 생각했기 때문에, 그래서 충동적으로 이 열차에 탔던 거죠?"

나도 똑같았다. 카이토와 이대로 계속 사귈 수도 있었지만, 알게 되어버렸는걸… 끊임없이 의구심이 드는 일상, 답이 없는 이 상황을 도무지 견딜 수 없었기에 열차에 탄 거였으니까.

"코토하 씨……."

히로코가 눈물에 젖은 눈으로 나를 바라보자, 켄타가 "아아, 이제 그만!" 하고 소리를 질렀다.

"이 안에서는 높임말 금지야! 이건 절대적인 규칙이라구!"

"그런 거에 왜 집착하는 거야. 처음 만난 사람에게 어떻게 반말을 해!"

항의를 해보았지만 켄타는 듣지 않았다.

"그래도 할 거야. 우리는 이 열차에서 만난 단 한 번의 인연이잖아. 나이나 성별에 관계없이, 여기서만큼은 솔직한 이야기를 나누는 거야. 그리고 이 열차에서 내린 뒤에는 깨끗이 잊는 거지. 그러니까 지금은 동등한 입장에서 대화하고 싶은 거라고!"

켄타의 억지스러운 논리에 납득한 것은 아니었지만, 나도 모르게 고개를 끄덕이고 말았다. 취기가 오른 탓인지, 그에게 압도된 탓인지는 알 수 없었다. 켄타는 다음 이야기를 재촉하듯 히로코를 향해 몸을 돌려 앉았다.

"아무튼 그랬다고 치고, 아까 했던 말 계속해줄래?"

큰 눈을 깜박이던 히로코는 이내 고개를 떨궜다.

"…코토하의 말대로일지도 몰라요. 집을 뛰쳐나왔는

데, 그렇다고 비행기를 타기엔 너무 늦었고… 그러다 우연히 티켓 창구의 직원분께서 이 열차의 취소 표가 나왔다고 알려주셨어요."

내 예상이 맞았다. 나와 비슷한 상황에 놓인 것 같아서 갑자기 그녀가 친근하게 느껴지기 시작했다.

"나도 삿포로에 가는 중이야. 하지만 이다음에 어떻게 할지에 대해선 전혀 생각해보지 않아서… 그래도 답을 찾지 않으면 안 된다고는 생각하고 있어."

"저도 같은 마음이에요."

그렇게 말하는 그녀의 미소에는 슬픔이 어려 있었다. 나도 이런 미소를 짓고 있을까. 사랑은 왜 이렇게 사람의 감정을 뒤흔드는 걸까.

히로코는 고개를 갸웃거렸다.

"하지만 정말 이상해요. 켄타 씨… 아니, 켄타의 말대로, 난 왜 그렇게까지 울었던 걸까요?"

"그건 아직 사랑하기 때문이 아닐까."

켄타는 무심하게 답했다.

"사랑하니까 울 수 있는 거라고? 설명 좀 제대로 해줘."

한술 더 뜨는 나를 보며 켄타가 눈썹을 찌푸렸다. 마치 간단한 덧셈 뺄셈도 풀지 못하냐는 듯이 비난하는 눈초리였다.

"집을 뛰쳐나와서, 매달리는 마음으로 이 열차에 올라탄 거 아니야? 하지만 사랑하는 마음은 남편 곁에 있고. 너무나 사랑하지만 어쩔 도리가 없는 거야. 그러니까 끊임없이 북상하는 열차 안에서 마음이 비명을 지르고 있는 거라구."

"비명이라고?"

그건 너무 과장된 표현이 아닌가 싶어 웃음이 났지만, 켄타도 히로코도 진지한 표정을 하고 있었기에 곧바로 표정을 갈무리했다.

"…역시, 사랑하고 있는 거군요."

히로코는 모든 걸 포기한 듯한 표정이었다.

"그런 거야. 하지만 도망치고 싶은 마음도 있겠지. 이럴 때는 어쩔 수 없어. 일단 떨어져 지내면 자연스럽게 답이 나올 거야."

"뭐어? 그렇게 간단한 문제라고?"

어이없게도 갑자기 결론을 지어버리는 켄타에게 나는 이의를 제기했다. 결국 떨어져 있는 게 정답이라니, 말도 안 돼!

켄타는 팔짱을 낀 채로 어깨를 으쓱거렸다.

"이런 상황이 생기면, 집에 돌아가는 게 좋다고 조언하는 사람들이 꼭 있잖아? 그런 건 위선이야. 지금 집에 돌아가더라도 해결되는 건 없어."

"그래도 남편분께서 걱정하고 계실 거야. 이렇게 서로 사랑하는데, 왜 떨어져 지내야 하는 건데?"

나는 끈질기게 물고 늘어졌다. 머릿속에 카이토의 얼굴이 떠올랐다. 떨어져 지내면 망가지는 사랑도 있으니까.

"그저 연애와 사랑일 뿐이야. 이런 건 어차피 믿음의 문제라고. 좋아한다거나 싫어한다거나, 그런 감정은 무슨 짓을 한들 형체로 만들 수는 없잖아. 감정에 실체가 없으니까 사람들이 혼란스러움을 느끼는 거라고. 자신의 감정을 알 수 없게 되었다면 일단 줌 아웃을 해야 하지 않을까? 가까이에선 보이지 않던 풍경도 뒤로 물러서면 일목요연하게 보이는 법이니까. 뭔가 보이기 시작했다면, 그때 다시 가까이 다가가면 되는 거야."

"아⋯⋯."

히로코가 감탄하는 듯한 소리를 냈다.

"어쩐지, 그 말이 정답일지도 모르겠네."

"뭐, 아무럼 어때. 앞으로 많이 얘기하고 나서 결정하면 되지. 말하니까 편해졌지?"

히로코는 갑자기 뭔가를 깨달은 듯 한 손을 입에 대고 말했다.

"미안해요. 계속 저만 말하고 있었네요."

"어머? 새삼스럽게 왜 이러실까. 가끔은 이런 것도 괜찮지 않아? 기분이 바닥을 칠 때까지 내버려둬도 돼. 그러면 우리가 구해줄 테니까. 안심하고 바닥까지 가보라구."

아주 싫은 것만은 아닌 듯 보이는 히로코의 미소. 나도 함께 고개를 끄덕였다.

"켄타의 말이 맞을지도 몰라. 히로코의 이야기를 듣고 있으니 나도 왠지 모르게 기분이 안정되는 것 같아."

"뭔가… 정말 기쁘네요. 고마워요."

그 웃음에는 아직도 슬픔이 서린 듯했다.

하마마츠역에 도착했다는 안내 방송이 흘러나오고 있었다. 고베역을 출발한 지 몇 시간밖에 지나지 않았는데 벌써 시즈오카현이라니, 정말 빠르다.

창문 밖에는 쪽빛 하늘보다 더 짙은 색의 바다가 펼쳐져 있었다. 매초마다 어두워지는 하늘 때문에, 하늘과 바다의 경계가 점점 흐려지는 것만 같았다.

이렇게 밤으로 변해가는 세상을 바라보는 것은 처음이었다. 난 어릴 적부터 적극적인 성격은 아니었다. 반에서

왁자지껄 떠드는 아이들을 멀리서 지켜보며 조용히 웃는 아이였다. 선생님께 혼나는 일은 드물었지만, 그 대신 아이들 무리의 가장자리에 간신히 끼어 있었다고 해야 할까. 직장인이 된 이후에도 마찬가지였다. 수동적으로 주어진 일만 했다.

그런 내가 스스로 나서서 이렇게 삿포로에 가고 있다니, 이상한 일이었다. 창문에 비친 내 얼굴을 바라보다 고개를 돌리며 한숨을 삼켰다.

"와! 태평양이 펼쳐져 있어! 오랜만에 바다를 보는 것 같아."

억지로 들뜬 척을 하자, 켄타가 차가운 시선을 보내왔다.

"바다는 반대쪽이야. 이건 하마나코, 호수라구."

"아직 갈 길이 머네요."

히로코도 여유가 조금씩 생기고 있는 것 같아 안심이 되었다.

이렇게 어두워졌으니, 큰 도시를 지나는 게 아니라면 바깥의 풍경은 보이지 않을 것이다. 심야 특급 열차니 당연한 것이지만, 풍경을 볼 수 없다는 건 조금 아쉽다는 생각도 들었다.

켄타가 갑자기 짝, 하고 양손을 모았다.

"라운지에 가보는 건 어때?"

"라운지?"

나와 히로코의 목소리가 울려 퍼졌다.

"식당 칸 뒷쪽에 라운지가 있거든. 술을 마실 수 있는 바 같은 곳이야. 음… 지금이 일곱 시니까, 아직은 이른 시간이라 비어 있을 거야."

"더 마시려고?"

아까 와인을 그렇게나 많이 마셔놓고… 켄타는 미간을 찌푸리는 내 반응에도 아랑곳하지 않으며 대답했다.

"어머, 그게 뭐가 어때서? 시즈오카현은 가로로 길다는 거 알고 있지? 여기를 지나가기까지 아직 시간이 많이 남았다구. 술을 마시면서 이야기하는 것도 어른스럽고 좋잖아?"

그러고는 말이 끝나기가 무섭게 자리에서 몸을 일으켰다. 문 앞까지 간 켄타가 우리를 가만히 바라보았다.

"알았어, 알았다고! 가면 되잖아. 아무튼 자기 멋대로라니까."

불평하면서도 기분이 나쁘지는 않았다. 켄타에게 익숙해진 것일지도 모르겠다. 히로코도 순순히 지갑을 챙기더니 자리에서 일어났다.

식당 칸을 지나자 바처럼 보이는 열차 칸이 나타났다.

양쪽 창가에는 긴 테이블이 자리하고 있었고, 스툴이 나란히 놓여 있었다. 안쪽에는 바 카운터가 있었는데, 아마도 그곳에서 술을 만드는 듯했다. 푸른빛 조명이 드리워진 탓인지 일반 객실과는 달리 어른스러운 분위기를 풍기는 곳이었다.

켄타의 말대로 다른 고객은 한 팀밖에 없었다. 당당하게 좌석의 한가운데에 앉은 켄타의 양옆으로 나와 히로코가 자리를 잡았다. 남색 유니폼을 입은 젊은 남자 직원이 메뉴판을 가져다주었다.

"그렇게 빤히 쳐다보는 거 아니야!"

자리로 돌아가는 스태프에게서 눈길을 떼지 않는 켄타에게 나무라듯 말했다.

"귀여워서 그래. 저 탄탄한 엉덩이 좀 보라구."

후훗, 하고 웃으면서 시선을 떼지 않는 켄타의 모습이 순간적으로 아저씨처럼 보였다.

"자, 두 사람도 마시라구."

켄타는 아쉬운 듯이 이쪽을 돌아보며 작은 메뉴판을 건네주었다.

"저는 이걸로 부탁드려요. 술은 마시지 못하거든요."

히로코가 '오렌지 주스'라고 적힌 글자를 가리켰다.

"그건 안 되지. 여자들의 모임에서 술은 필수란 말이야."

대체 언제부터 여자들의 모임이 된 건지.

"앗, 하지만… 몇 년 동안이나 마시질 않았는데…….."

"자기야, 이제부터 변하는 거 아니었어? 생각해야 할 것도 많잖아. 술의 힘이 필요할 때도 있어."

히로코는 선생님에게 가르침이라도 받은 것처럼 유난스럽게 고개를 끄덕였다.

"그러네요. 새로운 것에 도전해보는 것도 좋겠어요. 그럼, 저는 모스코 뮬로 주문할게요."

"그러면 되겠네."

켄타는 엄마라도 된 것처럼 눈초리를 살짝 내리깔며, 히로코를 바라보았다. 한 사람이 여러 역할을 연기하는 것 같아 굉장히 흥미로웠다.

술이 도착하자, 누가 먼저랄 것도 없이 잔을 들어 올렸다. 오늘로 벌써 두 번째 건배였다.

"우리들의 여행을 위하여."

켄타의 목소리에 나와 히로코도 말을 맞췄다.

"우리들의 여행을 위하여."

가볍게 잔을 맞댄 후 다 같이 마셨다. 내가 주문한 건 아까 마셨던 것과 같은 와인이었다.

책상 위에는 둥근 홈이 있어, 그곳에 잔을 올려놓게끔 설계되어 있었다. 아마 잔이 쓰러지는 것을 방지하기 위해서겠지.

하마마쓰의 거리는 도시의 불빛으로 빛나고 있었다. 그리고 우리가 야경을 바라보는 지금 이 순간에도, 심야 특급 열차는 홋카이도를 향해 거침없이 달려가는 중이다. 스쳐 지나가는 도시의 불빛들이 마치 유성 같았다.

결국 카이토에게는 아직도 메일을 보내지 못했다. 우리도 장거리 연애 초창기 때에는 어느 연인들 못지않게 하루도 빠짐없이 연락을 주고받고는 했는데, 대체 언제부터 그러지 않게 되었을까? 먼저 연락이 뜸해진 사람은 카이토이긴 하지만, 나도 점점 연락이 줄어드는 상황에 적응해버렸던 것 같다.

카이토는 그날그날 겪었던 사소한 일들을 전화나 문자로 알려주고는 했던 반면, 나는 대부분 업무에 관한 얘기를 했다. 계약이 성사될 때마다 칭찬을 받고 싶어서 그에게 장문의 문자를 보내고는 했다. 카이토에게는 예전 직장의 일인 셈인데, 퇴사한 사람에게 전 직장에 대한 이야기를 자꾸만 꺼내다니. 나도 참 섬세하지 못했구나.

스스로를 되돌아보니, 그동안 보이지 않았던 것들이

보였다.

"표정이 왜 그래? 그렇게 걱정이 돼?"

곁눈질하며 질문하는 켄타. 나는 힘없이 테이블 위로 잔을 내려놓았다.

"걱정은 둘째 치고 두려움까지 느낄 정도야. 약속도 하지 않았으면서 남자친구를 만나러 가는 거니까."

"네? 그런 거였어요?"

반대편에 앉아 있던 히로코가 눈을 동그랗게 뜨며 나를 쳐다보았다.

"히로코랑 같아, 나도 충동적으로 이 열차에 탔거든."

지금까지 겪었던 일들을 털어놓으면서, 말로 표현하기 어려운 기분을 느꼈다. 마치 꿈을 꾸고 있는 것 같았다. 오늘 점심에서야 결정한 여행을 곧장 실행하는 중이었으니까.

액세서리 업계에서 일하기 위해 고향을 떠나왔다는 이야기부터 시작했기 때문에, 이야기가 끝날 무렵이 되자 열차는 아타미 근처까지 와 있었다.

참 이상한 일이었다. 누군가에게 자신의 일을 말하다 보니, 갑자기 모든 것들이 객관적으로 보이기 시작했다. 아까 켄타가 한 말이 생각났다. '자신의 감정을 알 수 없게 되었다면, 일단 줌 아웃을 해야' 한다는 게 맞을지도 모르겠다.

나는 지금도 여전히 카이토를 사랑하고 있다. 하지만 의심의 싹을 틔운 사람도 나 자신이었다. 진실은 다를 수도 있는 것이다. 그렇다면 이 여행은 과연 옳은 선택일까?

히로코는 머리를 위아래로 깊게 끄덕이며 "하지만 그 기분은 알 것 같아요."라고 말해주었다.

"삿포로에 도착하면 어떻게 될지… 불안하긴 하지만 분명 잘 될 거라 믿어. 소원에 가까운 생각이지만 말이야."

와인 잔을 흔들며 말하자 붉은 액체가 파도처럼 일렁거렸다.

"뭐, 가보면 알게 되겠지."

나는 그렇게 말하는 켄타를 보았다.

"켄타는 어떤데?"

"뭐가?"

"왜 삿포로에 가려는 건지 켄타만 아무것도 말해주지 않았잖아."

"그런 건 너랑 상관없잖아?"

켄타는 휙, 하고 고개를 돌렸다.

"아니, 아무리 그래도 그렇지. 심야 특급열차를 열 번 이상이나 탔다고 했잖아? 삿포로에 갈 일이 그렇게나 많은 거야?"

불그레한 얼굴의 히로코가 켄타를 보면서 고개를 갸웃거렸다.

"혹시 업무 때문인가요?"

"오, 맞아 맞아. 일 때문이야."

"거짓말."

나는 조금의 틈도 주지 않고 일갈했다.

"왜 거짓말이라고 생각하는 거야?"

"일 때문이라면 그런 옷을 입지는 않았겠지. 그것보다, 애초에 켄타는 직업이 뭐야?"

말문이 막혀버린 켄타는 나와 히로코를 번갈아가며 힐끔거렸다.

"알았어, 알았다구! 말하면 되잖아!"

켄타가 두 손을 들고 항복 자세를 취했다.

잠깐의 침묵이 흐른 뒤, 말문을 연 켄타의 얼굴에는 웃음기가 사라져 있었다.

"나도 애인을 만나기 위해 삿포로로 가고 있는 거야."

"그런 거였어?"

"그 애인은 남자인가요?"

히로코가 천진난만하게 물었다.

"당연하지. 여자일 리가 없잖아."

켄타와 대화를 나누고 있으면 내가 상식이라고 생각했던 것도 누군가에게는 상식이 아닐 수도 있다는 걸 깨닫게 된다. 하지만 그런 감상은 차치하고 나와 켄타의 목적이 같다는 사실 때문에 막연하게 기뻤다.

"에이, 뭐야. 켄타도 나랑 똑같네."

"무슨, 아니거든! 우리는 깨가 쏟아진단 말이야! 너희랑은 완전 다르다구."

켄타는 다르다는 말을 거듭했다.

"어떤 사람인데? 뭐 하는 사람이야?"

"말 안 해줄 거야. 너랑 상관없잖아. 여기요! 한 잔 더 주세요!"

큰 소리로 주문을 하는 켄타의 모습에는 당황한 기색이 역력했다.

"뭐야아." 히로코가 갑자기 애교스러운 목소리를 내기 시작했다.

"켄타, 그건 아니지 않아? 우리들 얘기는 다 물어봐놓구우. 그건 아니지 않아?"

"히로코, 너 취했어?"

켄타는 자꾸만 기대려고 하는 히로코를 피해 몸을 뒤

로 젖혔다.

"아하하. 전혀 안 취했는데에. 지금 너어무 재밌어. 그
래서? 켄타의 남자친구는 어떤 사람이야아?"

"얘 취했네."

켄타가 히로코의 잔을 빼앗으며 말했다. 아직 반도 마
시지 않았는데, 술을 못한다더니 그 말이 진짜였던 모양
이다.

"알려달라구우."

"자, 어서 털어놔."

나도 히로코를 거들었다. 그러고 보니 켄타의 사정에
대해서는 제대로 물어보지 않았다.

켄타는 어색하게 허공을 올려다보더니, "뭐 재미없는
얘기인데."라며 운을 뗐다.

"1년 전이야, 처음으로 삿포로에 갔을 때 만났어."

"계속 하시죠오."

히로코는 달콤한 목소리로 켄타를 부추기며 카운터에
상반신을 기대었다.

"게이 바라는 게 있거든. 게이만 모이는 술집인데, 거
기 주인이 그 사람이었어."

내 상상으로는 따라갈 수 없었지만 일단은 고개를 끄

덕였다.

"여행하는 동안 매일 그 바에 들렀는데, 그러다가 고백을 받은 거야. 그때부터 이렇게 만나러 가는 거고. 그게 전부야."

그렇게 말하고는 새로 들어온 술을 벌컥벌컥 들이켰다. 의외로 부끄럼쟁이일지도 모르겠다.

"1년 전에 만났다고 했지? 그 이후로 열 번 이상이나 갔다고 했으니까, 그렇다는 건… 한 달에 한 번 이상은 만나러 간다는 거야?"

"맞아. 뭐가 문제야?"

"아니, 문제는 아니지만."

"내 연애는 너희들과는 다르다구. 어떤 불만도 없이 절찬리 상영 중이랄까."

그렇게 마무리하는 켄타의 말투에서 어떤 위화감을 느꼈지만, 무엇 때문인지는 알 수 없었다.

"결국 말이야아."

히로코는 이미 흐물흐물한 상태가 되어 있었다. 몸이 카운터 테이블과 하나가 되어버릴 것 같았다.

"우리가 여행을 하는 이유느은, 전부 사랑 때문이라는 거네에. 우후훗."

"우후훗, 이라니 징그러워 죽겠네."

"하지만 맞는 말이야. 지금까지 여행 같은 건 즉흥적이거나 충동적으로는 할 수 없는 일이라고 생각했는데 이렇게 실제로 하고 있잖아."

내가 동의하자 히로코는 웃음을 터뜨렸고, 켄타는 고개를 좌우로 크게 흔들었다.

"그러니까! 난 다르다고 했잖아. 한창 행복할 때라니까."

켄타는 무슨 일이 있어도 우리랑 엮이고 싶지 않은 모양이었다.

난방 덕분에 몸이 따뜻하게 데워졌고 취기가 돌아 기분도 좋아졌다. 나는 히로코를 따라 시원한 테이블 위로 뺨을 대었다. 황홀했다.

"너희들, 정말 그러고도 여자니? 똑바로 좀 앉아 있으란 말이야!"

그렇게 말하는 켄타의 등은 올곧게 펴져 있어 마치 학교 선생님처럼 보였다.

"켄타의 입장에서 보면……."

나는 여전히 뺨을 붙인 채로 말을 이었다.

"내 연애는 어떤 것 같아?"

"어떻고 말고 할 것도 없어. 다른 사람들이 참견할 일은 아니잖아?"

쌀쌀맞은 대답이었다. 내가 꿍한 표정으로 입을 다물고 있으니, 켄타는 "그러니까……."라고 중얼거리며 나를 쳐다보았다.

"나는 처음부터 장거리 연애였으니까 환경이 변했다고 할 것도 없지만 코토하는 다르잖아? 서로의 곁에 있다가 갑자기 떨어져 지내게 되면, 아무래도 그동안 느꼈던 것의 절반 정도밖에 느껴지지 않는다고 생각할 수도 있지."

"맞아… 그 말이 정말 맞는 말이야."

휴대폰 너머로 들리는 목소리만으로는 서로를 이해하기에 충분하지 않았다. 전하고 싶은 마음이 충분히 전달되지 않아 답답할 때도 있었고 상대방의 말 한마디가 가시가 되어 상처를 입히는 경우도 많았다. 전화라는 건 표정이나 온도까지 전달해주지는 않으니까.

켄타가 잔에 맺힌 물방울을 냅킨으로 닦아내며 말했다.

"상대를 믿는 마음이 흔들리는 건, 결국 나 자신의 나약함이나 상대의 오만에서 비롯된 것일지도 모르지."

"응."

고개를 끄덕이고 나서 히로코를 보니, 그녀는 이미 코를 골며 잠들어 있었다.

"코토하에게 상대방을 사랑하는 마음이 있다면 그걸 솔직하게 전하면 돼. 누가 뭐라고 하든 상관없어. 네가 고민하고 있는 건 '나쁜 예감이 맞으면 어떡하지?' 하는 것 아니야? 그런 건 만나보지 않으면 알 수 없는 거고, 너무 불안하다면 그걸 견딜 수 있도록 준비하는 수밖에."

"준비?"

이제는 거의 심리상담사에게 상담받는 듯한 기분이었다.

"마음의 준비 말이야. 내가 좋아한다면 그걸로 충분하다, 그렇게 생각하면 돼."

"차여도?"

"그래."

켄타는 당연하다는 듯이 말했다.

"보상을 기대하면 고통스러워지는 법이야. 사랑이라는 게 원래 그렇잖아. 처음에는 단순히 보는 것만으로도 행복하지. 그런데 시간이 흐르게 되면서 점점 욕심이 자라나. 사랑이 고통스러워지는 건, 상대에게 바라는 게 많아지기 때문이라고. 간절히 원하는 마음이라고 해야 할까."

"응."

"연애에서 중요한 건 상대가 나를 어떻게 생각하는지가 아니라, 내가 상대를 어떻게 생각할 수 있는지야. 나한테 묻지 말고 스스로 생각해봐."

엄격한 말과는 달리 켄타는 생긋 미소를 짓고 있었다.

내가 어떻게 생각하는지가 중요하다……. 나는 창문 밖으로 시선을 돌렸다. 드문드문 도시의 불빛이 보였지만 유리에 비치는 것은 내 얼굴이 전부였다.

나는 카이토를 얼마나 좋아하는 걸까…? 그런 건 단 한 번도 생각해보지 않았다.

고백했던 날에 갔던 바를 다시 떠올렸다. 후일담으로 들은 바에 의하면, 카이토는 그날 바에서 내게 고백할 생각이었다고 한다. 그 전에 취해버려서 애꿎은 엘리베이터만 붙잡고 있었지만 말이다. 결국 먼저 고백한 사람은 나였다. 그를 기다리다 지쳐버렸으니까.

이제는 웃으며 얘기할 수 있는 에피소드지만 오늘 밤은 조금 다르게 느껴졌다.

카이토는 비겁한 사람이라고. 그런 식으로 생각하게 되었다.

제3장

북위 36도

밤에 스미듯

거나하게 취해버린 히로코를 둘이서 안아 들고 방으로 돌아왔을 때쯤, 열차는 우에노역에 도착해 있었다. 일단 히로코를 침대에 눕힌 다음, 우리는 다시 소파에 기대어 앉았다.

우에노역은 처음이었는데, 생각한 것보다 어두침침한 분위기였다. 그래서인지 걷는 사람들의 모습도 어딘가 슬프게 느껴졌다. 슬픈 음악을 듣고 있으면 보고 있는 풍경도 슬프게 느껴지는 것처럼 말이다.

5분 정도 정차한 후, 열차는 익숙한 안내 방송 소리와 함께 다시 달리기 시작했다. 도쿄답게 도시의 빛이 눈부

셨지만 역에서 느꼈던 분위기의 영향을 받아서인지 여전히 어딘가 쓸쓸한 인상이었다.

"우에노역은 아주 오래된 역이야. 그리고 구조가 복잡해서 상경한 사람들은 대부분 헤매곤 하지."

그리운 눈빛으로 켄타가 입을 열었다. 조금 전까지만 해도 선생님처럼 보였는데 지금은 마치 도쿄에 몇십 년이나 살아온 노인 같았다.

"돈을 벌기 위해 고향을 떠나온 사람들이 많이 이용하던 역이라니, 감회가 새롭지 않아? 도착한 사람들과 돌아가는 사람들… 모두 그들만의 이야기를 가지고 있었을 텐데. 우리들은 감히 이해할 수 없을 만큼 애잔하고 슬픈 이야기겠지만 그 안에는 희망도 있었을 거야. 틀림없어."

"응."

무슨 말인지 잘 모르겠지만 일단 고개를 끄덕였다.

"평소에는 별 관심 없는데 이상하게 우에노에 오면 자연스럽게 생각하게 돼."

"사람들의 인생을?"

"생각하더라도 이해할 수 있을 리가 없는데 자꾸 생각하게 된단 말이지. 역의 분위기가 그렇게 만드는 것 같아."

켄타의 목소리에 겹치듯이 중저음의 규칙적인 소리가

어디선가 들려왔다. 소리 나는 방향을 확인해보니, 히로
코가 입을 크게 벌린 채 곯아떨어져 있었다. 코 고는 소리
가 열차 소리에 지지 않을 정도였다.

"다음은 어디에서 멈추는 거야?"

"우츠노미야역에서."

"오……."

"오… 라니? 자기야, 설마 우츠노미야가 무슨 현인지
모른다고 하지는 않겠지?"

윽, 들켜버렸네. 켄타는 머쓱하게 웃는 나를 보며 한숨
을 내쉬었다.

"우츠노미야는 도치기현이야. 그 정도는 기억해두라고."

"네에. 알겠어요."

말끝에 '엄마'라고 붙이려다 서둘러 입을 닫았다. 참
신기하게도 나는 어느새 켄타와의 대화를 즐기고 있었다.
이제부터는 본격적으로 북상하게 될 것이다.

삿포로에 도착하면, 나와 카이토 사이에도 변화가 생
기겠지. 그게 어떻게 바뀌든 간에 말이다. 좋아지리라 기
대하는 마음도 있었지만 도망치고 싶기도 했다. 하지만
이런 내 마음을 아는지 모르는지 열차는 힘차게 달려 나
가며 카이토와의 거리를 좁히고 있었다.

바에서 이야기를 나눈 뒤로 내 마음을 가만히 들여다 보게 되었다. 카이토를 비겁하다고 생각하고서 깨달은 것은, 그럼에도 불구하고 카이토를 '사랑한다'는 나의 마음 이었다.

켄타는 자신이 좋아한다면 그걸로 충분하다고 했지만 그건 짝사랑 같다는 느낌이 들었다.

나는 옛날부터 뭐든지 답을 알고 싶어 하는 아이였다. 부모님이 넌더리를 낼 만큼 질문을 해대는 통에 '하루에 세 개까지'만 물어보라며 꾸중을 받은 적도 있었다. 지금 생각해보면 당시에는 휴대폰으로 쉽게 검색할 수 있는 시대가 아니었으니 부모님도 몹시 힘들었을 것이다.

이 사랑에도 답이 필요하다. 카이토가 나를 어떻게 생각하는지 알고 싶었다. 그렇다고 그를 만날 용기가 날 것인가는 다른 문제겠지만.

"또 멍하니 있지."

켄타의 목소리에 정신이 들었다.

"좀 취한 것 같아."

슬쩍 둘러대며 방 안을 둘러보았다.

"우에노에서는 아무도 타지 않았네."

곧 우츠노미야에 도착할 것이라는 안내 방송이 흘러나

왔다. 밤이 되니 안내 방송의 볼륨도 작게 바뀌어 있었다.

"멋진 남자라면 좋겠는데, 여자만 많은 건 질색이란 말이야."

"그렇게 우연히 잘생긴 미남이 탈 리 없잖아."

"잘생기지 않아도 상관없어. 나한텐 내 남자친구가 있으니까."

켄타가 어깨를 으쓱이는 순간, 달칵하고 문이 열리는 소리가 났다. 고개를 돌려 출입문을 바라보니 웬 여자아이가 큰 배낭을 메고 서 있었다. 옅은 갈색으로 염색한 긴 머리카락이 인상적이었다. 나이는 중학생 정도로 보였다.

그 여자아이는 주저하는 기색도 없이 물끄러미 이쪽을 응시하더니 입을 다문 채로 방 안에 들어왔다.

"얘, 길 잃어버렸니? 부모님은?"

켄타가 부드러운 억양으로 물으며 다가갔지만 여자아이는 켄타의 호의를 완전히 무시하며 그의 옆을 스쳐 지나갔다.

"방을 잘못 찾은 것 아닐까?"

나도 자리에서 일어나 말을 걸어보았지만 소용이 없었다. 여자아이는 켄타가 앉아 있던 소파에 털썩하고 자리를 잡았다.

"어머? 얘 외국인인가? 말이 통하지 않는 것 같은데? 곤란하네."

켄타가 곤란한 표정으로 나를 바라보았다. 아니, 아무리 봐도 분명 일본인 같은데…….

"안녕? 혹시 방을 잃어버린 거니?"

미소를 지으며 여자아이에게 다시 말을 걸었다. 여자아이는 나를 흘끗 보더니 귀찮다는 듯이 한숨을 쉬었다.

"시끄러워, 아줌마."

"어…?"

순간 시간이 멈춘 것 같았다. 머리를 얻어맞은 기분이었지만 그녀의 의도를 파악해보려 애썼다. 그때 내 옆에 있던 켄타가 스읍, 하고 숨을 들이켰다.

"얘! 너 지금 뭐라고 했니!"

"아저씨도 시끄러워. 조용히 좀 해."

그렇게 말한 여자아이는 창문 쪽으로 몸을 돌려 앉았다. 당황한 켄타는 얼굴을 붉히며 몸까지 파르르 떨었다.

이건… 폭발 직전일지도.

"이, 일단 좀 앉자."

서둘러 켄타의 팔을 잡아끌었다. 켄타를 앉힌 후, 나도 자리에 앉았다. 켄타는 금붕어처럼 입을 뻐끔거리며 두 눈을 부릅뜨고 있어서 무서워 보였다.

"저기……."

최대한 부드러운 억양으로 여자아이에게 말을 걸었다.

"어쩌다 이 방에 오게 됐니?"

…무시당했다. 나는 굴하지 않고 계속해서 말을 걸었다.

"길을 잃었니?"

…또 한 번 무시당했다. 다시 말하려 입을 여는 순간, 옆에 앉아 있던 켄타가 고함을 내질렀다.

"들었으면 대답을 해야지!"

여자아이는 놀란 표정으로 켄타를 바라보았다.

"이것 봐, 잘 들리면서. 지금 어른들이 얘기하고 있잖아. 질문을 하면 제대로 대답해야지!"

"오카마잖아? 으, 징그러워."

경멸하는 듯한 눈으로 바라보는 여자아이를 향해 켄타는 "뭐라고!" 하고 외치며 얼굴을 가까이 들이밀었다.

"너처럼 비상식적인 애보다 상식적인 오카마가 더 낫거든! 아까부터 태도가 그게 뭐야!"

당장이라도 달려들 것 같은 켄타를 간신히 막아섰다. '오카마는 아니라더니?'라는 생각이 들어서 도리어 내가 더 차분해지고 말았다.

"미아일지도 모르니까 승무원을 부를까?"

켄타에게 묻자, 여자아이는 처음으로 초조해하는 기색을 보였다.

"왜 그런 짓을 하는 건데?"

켄타는 이때다 싶었는지 지지 않고 소리를 질렀다.

"남의 방에 멋대로 들어온 주제에 건방 떨지 마! 너 같은 애송이 따위 바로 내쫓아버릴 테니까!"

침묵이 흘렀다. 하지만 이내 여자아이는 뻔뻔스레 셔츠 주머니에서 무언가를 꺼내 테이블 위로 던졌다.

"티켓이라면 있어. 나도 이 방이라고."

구겨진 승차권에는 이 방의 번호가 적혀 있었다.

"알았으면 내버려둬. 생각할 게 있으니까."

여자아이는 내뱉듯이 말하고는 주머니에서 이어폰을 꺼내 귀에 꽂더니 다시 창가 쪽을 향해 몸을 돌렸다.

"…대체 뭐 하는 애야…?"

아연실색한 켄타가 여자아이를 노려보았다. 하지만 그 애는 더 이상 우리의 말이 들리지 않는지 가볍게 몸을 흔들고 있었다.

"중학생인가? 아니면 초등학교 고학년?"

화장기 하나 없는 얼굴이 딱 보기에도 앳되어 보였다.

내 질문에 켄타는 개처럼 으르렁거리듯이 대답했다.

"어느 쪽이든 그게 무슨 상관이야. 아, 정말! 하필이면 여자 세 명이랑 같은 방을 쓰게 되다니!"

"그게 무슨 뜻이야?"

"한 명은 곧 실연당할 사람처럼 음울하고, 다른 한 명은 취해 있고, 마지막으로 들어온 사람은 인사도 제대로 하지 않는 어린애라니! 하… 너무 불행하다, 정말!"

"너무해. 누가 음울하다는 거야."

발끈해서 항변하는데 켄타는 이미 드라마 속 주인공이라도 된 것처럼 천장을 올려다보고 있었다. 얼굴로 내리쬐는 조명을 받고서 만족한 것인지, 그는 자리에서 벌떡 일어났다.

"이제 됐어. 난 간식 카트라도 찾아서 술 좀 사올게. 마시지 않고서는 도저히 못 참겠어."

그러더니 말이 끝나기가 무섭게 성큼 밖으로 나가버렸다.

"자, 잠깐! 나만 놔두고 가지 마!"

소리친 보람도 없이 매정하게 문이 닫혔다. 남은 건 깊이 잠든 히로코와 눈앞에 앉아 있는 무뚝뚝한 여자아이뿐. 덜컹거리는 열차 소리가 이상하리만큼 크게 들려왔다.

"저기, 나는 코토하라고 해."

목소리를 높여 다시 한번 말을 걸었지만 여자아이는 꿈쩍도 하지 않았다. 아무래도 이어폰 때문에 말소리가 들리지 않는 듯했다.

한숨을 크게 내쉬곤 창밖으로 시선을 돌렸다. 검게 물든 풍경 속에서 이따금 도시의 불빛들이 반짝이며 흘러갔다. 나는 지금 어디로 향하고 있는 걸까.

그러고 보니 카이토에게 연락을 하지 않았다. 휴대폰으로 시간을 확인해보니 벌써 밤 아홉 시가 넘어가고 있었다.

메신저 앱을 열었지만 역시 어떻게 말해야 할지 모르겠다. 휴대폰을 그대로 주머니에 집어 넣고 또다시 한숨을 내쉬었다.

뜻밖에도 나를 쳐다보고 있는 여자아이의 시선을 느낄 수 있었다.

"저, 저기……."

말을 끝까지 하지도 않았는데 여자아이는 휙, 하고 고개를 돌려버렸다. 앞날이 걱정된다.

　　　　　* * *

　결국, 20분이나 지나고 나서야 켄타가 돌아왔다. 대량의 과자와 맥주를 품 안에 가득 안은 채로 말이다.

　"힘들어 죽는 줄 알았네. 간식 카트 판매원이 1호차에 있지 뭐야! 얼마나 걸었는지 몰라."

　"많이도 사 왔네."

　"먹어도 돼. 난 마실 거지만."

　켄타는 말이 끝나기가 무섭게 맥주를 따서 마셨다.

　"난 아직 배불러서. 나중에 먹을게."

　그때 갑자기 여자아이가 팔을 뻗어 감자칩 봉지를 집었다. 그대로 열려는 것을 켄타가 엄청난 기세로 달려들어 도로 빼앗았다.

　"뭐 하는 거야. 저 사람이 배부르다는데 내가 먹으면 어때서!"

　여자아이는 어처구니없다는 듯이 말했지만 분노로 이를 바득바득 가는 켄타의 표정을 알아챘는지 이내 과자에서 손을 뗐다.

　"그건 내가 할 말이야. 멋대로 훔쳐가지 말라구!"

　"치사하게. 조금만 줘."

켄타는 다시 내미는 여자아이의 손을 찰싹 때렸다. 여자아이의 귀에서 이어폰 한쪽이 떨어졌다.

"치사하면 어쩔래. 너한테 줄 과자는 없다구. 이것 참 미안하게 됐네요."

"너무하잖아. 지금 이거 폭력 맞지? 고소해버릴 거야."

"네에. 그러세요, 그럼. 나는 내 물건을 지켰을 뿐이야. 즉, 정당방위라고 할 수 있지. 먹고 싶으면 직접 사오면 되잖아?"

"켄타, 잠깐만." 나도 모르게 중재에 나섰다.

"그냥 줘도 되잖아."

"뭐? 코토하까지 왜 그래, 정말? 난 말이야, 자기소개도 안 하는 그런 기본적인 상식도 없는 인간이 제일 싫다구! 감자칩 부스러기 한 톨도 주고 싶지 않네요!"

만화처럼 흥, 하고 콧바람을 뿜어대며 선언한 켄타는 맥주를 단번에 마시고서 여자아이를 향해 얼굴을 내밀었다.

"나라고 누군지도 모르는 애한테 이런 말까지 하고 싶겠어? 그렇지만 말이야, 공공장소에서는 예의가 중요하다는 거 몰라? 사춘기 반항은 집에서만 해. 내 여행을 방해하는 것만큼은 용서하지 않을 거니까, 알아두라구."

여자아이는 입술을 깨물며 잠시 나와 켄타를 번갈아 보았다.

"자기소개하면 줄 거야?"

조금 전보다는 다소 누그러진 목소리로 물었다.

"자기소개라면 감자칩 두 조각 정도? 그 이후는 하는 거 봐서."

"뭐야, 그게."

"됐고, 어서 이름이나 말해보라구."

여자아이는 원망스러운 얼굴로 켄타를 바라보았지만 이내 작은 목소리로 말했다.

"코하루."

생각보다 귀여운 목소리였다.

"뭐라고? 안 들려."

우위를 선점해서 기쁜 건지 켄타가 짓궂게 되물었다.

"그러니까, 마음 '코心'에 봄을 의미하는 '하루春'를 써서 '코하루'라고. 귀가 어두워?"

여자아이는 귀에서 이어폰을 빼더니 몸을 일으키며 감자칩을 빼앗으려 했고, 그것을 켄타가 막아냈다. 둘이서 티격태격하는 모양새가 어쩐지 재미있었다.

아무래도 키가 큰 켄타가 더 유리했다. 켄타는 오른손

에 쥔 감자칩 봉지를 전리품처럼 높이 들어 올렸다.

"이름만 말하면 된다고 누가 그랬어? 자기소개라는 건 말 그대로 너 자신을 소개하는 거야. 그래서 몇 학년인데? 어서 대답하라구."

"…중2."

역시 중학생이었구나. 켄타가 고개를 끄덕였다.

"나는 켄타야. 얘는 코토하. 침대에서 코를 골고 있는 사람은 히로코라고 해. 여기선 서로를 이름으로만 부르고 말을 놓고 있어. 분하지만 코하루도 편하게 불러도 좋아."

"바보 같아."

"싫으면 '켄타 님'이라고 부르든지. 그보다 이런 시간에 열차를 타고 어디로 가는 거야? 내일도 학교 가는 날일 텐데."

"글쎄."

"아, 그래?"

코하루의 성의 없는 대답에 켄타는 테이블 위에 놓인 과자 봉지들을 부스럭대며 도로 주워 모으기 시작했다.

"그럼 이건 안 먹겠다는 거지?"

"…짜증 나."

코하루는 시선을 돌리며 토해내듯 말했다. 나는 어쩐

지 그 모습이 너무 안쓰러웠다.

"켄타, 그만하면 이제 됐잖아. 그냥 줘."

"싫어. 절대로 싫어."

하여튼 똥고집이라니까. 이래선 어느 쪽이 애인지 모르겠단 말이지.

번뜩이는 아이디어가 떠오르기라도 했는지, 켄타가 입을 열었다.

"하지만 난 알아. 코하루가 왜 이 열차에 탔는지를 말이야."

나왔다. 켄타의 예리한 통찰력. 코하루는 수상쩍다는 듯이 켄타를 쳐다보았다.

"아저씨가 뭘 알아."

"아저씨라는 말은 못 들은 걸로 하고 일단 하나 맞춰볼게. 방금 중학교 2학년이라고 했지만, 그건 4월부터의 얘기지? 지금은 아직 1학년이야. 어때?"

켄타가 검지를 추켜세우며 말했고 코하루는 미간을 찌푸렸다.

"어차피 그게 그거잖아."

강한 척하는 코하루를 보며 켄타는 다음 손가락을 펴고는 이어 말했다.

"이어서 두 번째. 너 말이야, 가출했지?"

나는 켄타의 말에 놀라고, 코하루가 입을 꾹 다무는 모습에 더욱 놀랐다.

"어떻게 가출했다는 걸 알았어?"

나도 모르게 질문하자 켄타는 자랑스레 가슴을 펼치며 대답해주었다.

"중학생이 이런 늦은 시간에 심야 열차에 탔다는 건 내일 학교는 빠지겠다는 소리잖아. 그러면서 배낭은 어마어마하게 크고."

듣고 보니 그랬다. 코하루는 긍정인지 부정인지 알 수 없는 표정을 짓고 있었다.

"더 말하면, 목적지가 있는 거지? 기세 좋게 뛰쳐나왔지만 그 목적지에 가기 위해서는 비싼 심야 특급열차를 타야만 했어. 그래서 가진 돈을 다 써버린 거야. 배가 고픈 건 바로 이런 이유 때문인 거고."

명탐정이 범인을 가리키듯이 켄타는 들어 올린 두 손가락을 코하루에게 향했다.

"정말이야?"

켄타와 둘이서 코하루를 뚫어져라 바라보자 그녀는 포기한 듯이 어깨의 힘을 풀었다.

"뭐… 거의 비슷해."

"역시! 그러면 어디로 가는데?"

예상이 맞았다는 사실에 몹시 기뻐하며 켄타가 물었다.

"그건 과자를 받고 나서 말할게. 얼른 줘."

코하루가 당연하다는 듯 손바닥을 내미니 켄타는 말문이 막힌 모양이었다.

"제대로 대답해야 한다?"

코하루는 켄타가 마지못해 건넨 감자칩 봉지를 힘껏 찢더니, 맹렬한 기세로 먹기 시작했다. 정말로 배가 많이 고팠던 모양이다.

"여행은 가출과 많이 닮았어."

켄타가 명언 비슷한 말을 중얼거렸다. 뭐야 그게, 싶은 생각이 들었지만 일리 있는 말 같기도 했다. 히로코와 코하루는 처음부터 가출이라고 치더라도 나 역시 비슷한 상황이었으니까. 여행과 가출, 둘 다 무엇을 얻게 될지 아니면 아무것도 얻지 못할지, 집에 돌아가기 전까지는 알 수 없다는 점이 닮아 있었다.

"그래서, 어디로 가려는 건데?"

"아오모리."

"왜?"

"주스 마시고 싶어서."*

"웃겨. 가만 보면 참 뻔뻔하다니까. 얘, 이거 줄게."

켄타가 내민 것은 내게도 주었던 에너지 드링크였다.

"우웩. 이게 뭐야. 그냥 평범한 주스 없어?"

그 마음 이해해.

"복에 겨웠구나. 이게 얼마나 피부에 좋은 건데. 어리다고 관리를 소홀히 했다가는 나중에 어른 돼서 후회한다, 너?"

"대체 무슨 소린지."

그렇게 말하면서도 코하루는 주스를 마시더니 크게 한숨을 내쉬었다.

"아오모리에 있는 할머니 집에 갈 거야."

어느 정도 배가 찬 모양인지, 코하루는 살짝 누그러든 말투로 이야기했다.

"아하. 가출한 뒤에 제일 가기 쉬운 곳이 거기인 거네."

"그렇다고 할 수 있지."

나도 코하루에게 물어보기로 했다.

"부모님이 걱정하고 계시지 않을까?"

* 아오모리는 사과로 유명한 지역이다.

"아니? 절대. 그 인간들이 걱정할 리 없어."

코하루의 거친 말투에 켄타가 눈살을 찌푸렸다.

"애! 부모님한테 그 인간들이라니. 그런 말은 하면 안 되지."

"아저씨가 우리 집안 사정에 대해 뭘 안다고 그래."

"켄타라고 부르라니까. 이래 봬도 아직 스물다섯 살이라구!"

"스물다섯 살? 진짜로 아저씨잖아."

두 사람의 대화를 듣고 있자니 그럴싸한 콤비처럼 보였다. 말다툼을 하고 있긴 해도 처음과 비교하면 둘 다 목소리가 많이 부드러워져 있었다.

"왜 가출한 거야?"

내 질문에 코하루는 입술을 삐죽거리더니 다리를 앞뒤로 흔들기 시작했다. 분명 나도 저 나이쯤에 반항기가 왔다고 했다. 잘 기억은 나지 않지만… 어머니가 아직까지도 "그때는 참 힘들었어." 하고 말하는 걸 보면, 분명 그런 시기가 있었던 거겠지.

"시험 성적이 나쁘다는 둥 계속 귀찮게 하잖아. 말대꾸 몇 번 했다고 나가라고 하길래 나온 것뿐이야."

켄타가 놀란 표정으로 입을 떡 벌리는 것이 보였다.

"겨우 그런 어린애 같은 이유로 가출한 거야? 아, 맞다. 아직 어린애였지?"

"애 아니라고."

"그런 태도니까 애 같다고 하는 거야."

"부모도 아니면서 잔소리하지 마."

또 말싸움으로 번질 것 같은 느낌이 들어서 나도 대화에 끼어들었다.

"집에서 나오자마자 이 열차에 탄 거야?"

"아니. 어젯밤 늦게 뛰쳐나와서 집 옆에 있는 아파트 보일러실에서 잤어. 열쇠를 숨겨둔 곳을 알고 있거든. 좀 무섭긴 해도 따뜻해. 오늘 저녁에 할머니 집에 가기로 결정하고 교통편을 찾아봤는데, 이게 유일한 선택지였어. 그런데 티켓을 샀더니 돈이 다 떨어져서… 배고파서 죽을 것 같았다고."

"티켓, 매진된 거 아니었어?"

"마침 취소표가 있었대. 보통은 쉽게 구할 수 없다고 하던데."

"말도 안 돼!" 켄타가 불평했다.

"코토하랑 히로코에 코하루까지, 모두 오늘 우연히 티켓을 손에 넣었다는 거야? 이 열차, 티켓이 발매되면 곧바로 매진되는 것으로 유명한데 어떻게 그럴 수 있어? 나는 발매일 새벽부터 창구 앞에 줄 서서 겨우 얻었는데."

"그건 평소에 우리들의 행실이 좋았기 때문이지 않을까? 그래서 운이 따라준 거지."

"맞아 맞아. 켄타는 행실이 좋지 않았던 거야."

코하루는 내 말에 동의한다는 듯이 킥킥거리며 웃었다.

"흥. 드디어 웃었네."

켄타가 그렇게 말하자 "시끄러워."라고 말했지만 표정은 부드럽게 풀려 있었다. 그 모습을 보니 아까보다는 조금 안심이 되었다. 그래도 가출에 대해서는 여전히 걱정스러웠다.

"집에는 연락했어?"

아마 지금쯤 난리가 났을 텐데.

"했겠냐고."

상대방을 바보처럼 취급하는 코하루의 말투도 더는 신경 쓰이지 않았다.

"하는 게 좋을 거야."

"싫어."

켄타가 조언했으나 코하루는 한 치의 망설임도 없이 싫다고 대답했다.

나와 켄타는 눈빛을 주고받았다. 꽤나 고집이 센 아이
인 듯했다.

"아오모리에 계시는 분이 할머니라고 했지?"

대화의 주제를 살짝 돌려보고자 그렇게 물었다.

"엄마 쪽 할머니. 오랜만에 만나는 거라 기대돼."

천진난만하게 다시 발을 앞뒤로 흔들고 있었다. 본인
은 어른인 척하려는 모양이었지만 내 눈에는 아직 어린애
로 보일 뿐이었다. 하지만 저 시기의 억제할 수 없는 충동
적인 감정은, 나도 여전히 기억하는 터라 이해할 수 있었
다. 그때는 모든 것들이 다 싫었으니까.

집으로 돌아가라고 할 수는 없지만 그렇다고 방치할
수도 없는 노릇이었다.

"할머니 댁은 역에서 가까워?"

켄타가 팔짱을 끼며 물었다.

"음, 그럭저럭 가까운 편일걸? 그래도 택시 탈 거야."

"택시비는 어떻게 할 생각인데?"

켄타의 질문에 코하루는 어깨를 으쓱거렸다.

"도착해서 할머니한테 받으면 되잖아?"

"도착한 다음에는 어떻게 할 건데? 학교는 어쩌려고?"

"그런 건 생각 안 해봤어. 아, 정말! 엄마처럼 굴지 마."

"정말 아무런 계획이 없구나?"

켄타는 어처구니없다는 듯이 쓴웃음을 짓고 있었다. 그러더니 손에 들고 있던 과자를 다시 책상 위에 올려놓았다.

"자, 맘껏 먹어."

그렇게 말하며 코하루에게 주스도 건네주었다.

"먹어도 돼?"

"그야 어제부터 아무것도 먹지 않았다는데 계속 차갑게 굴 순 없잖아?"

"와! 켄타, 의외로 다정하잖아?"

코하루는 곧장 초콜릿 포장을 찢었다.

"말이나 못하면. 그래서 코토하는 어떻게 생각해?"

켄타가 나를 향해 얼굴을 돌렸다.

"음… 아무래도 연락하는 게 좋을 것 같아."

"나도 그렇게 생각해."

켄타는 곤란한 표정으로 코하루를 바라보며 맥주를 마셨다.

"나는 안 할 거야."

코하루도 끝까지 양보할 생각은 없어 보였다. 나는 최대한 부드럽게 말을 걸었다.

"실종 신고를 하면 곤란해질 텐데."

"설마."

"아냐, 충분히 그럴 수 있어."

켄타가 내 뒤를 이어받았다.

"장난치지 마."

"어머? 장난치는 거 아닌데? 어젯밤에 집에서 나왔다고 했잖아? 겨우 중학교 1학년짜리인 여자아이가 하루가 지나도록 행방이 묘연한데, 보통은 경찰에 신고하는 게 당연하지."

나는 코하루의 얼굴에 살며시 드리워진 불안감을 놓치지 않았다.

"어쩌면 학교로 연락이 갈지도 몰라. 그러면 곤란하잖아? 무사하다는 말 정도는 전하는 게 어떨까?"

켄타가 짝, 하고 양 손바닥을 맞대었다.

"결정이 났으면 연락을 해야겠지? 자, 휴대폰 줘봐."

입술을 삐죽거리는 코하루에게 켄타는 오른손을 쫙 펼쳐 내밀었다.

"고집 그만 부리고 빨리 내놓으라구. 경찰에 잡혀가도 좋은 거야?"

수색 대상을 체포하지는 않겠지만, 그 말을 듣고 코하

루의 마음이 흔들리는 것 같으니 정정하지 않기로 했다. 불안한 표정으로 나를 바라보는 코하루에게 켄타 말이 맞다며 고개를 끄덕여 보였다.

"알았어. 전화하면 되잖아, 하면!"

그렇게 말하더니, 코하루는 배낭 속에서 휴대폰을 꺼내 들었다. 요즘 애들 휴대폰답게 반짝반짝하게 꾸며져 있었다.

코하루는 일부러 크게 한숨을 내쉬더니, 통화 버튼을 누르고는 귀에 가져다 대었다.

"잘 해결된 것 같네."

켄타가 내 귓가에 속삭였다. 코하루가 눈을 부릅뜨며 이쪽을 쏘아보았지만, 곧바로 전화가 연결된 모양이었다.

"아, 여보세요. 나야 코하루. 응, 응. 아, 그래? 알고 있어. 알고 있다니까. 그래서 말인데, 그쪽에는 한밤중에 도착할 것 같아."

켄타가 고개를 갸웃거리며 나를 바라보았다. 나도 켄타를 따라 고개를 기울이며 코하루의 대화 내용에 집중했다.

"응, 오늘 밤늦게 도착할 거야. 아니, 혼자 있어. 지금 가는 중이야. 미안하지만 엄마한테 난 무사하다고 전해 줘. 잘 부탁해, 할머니. 그럼 안녕."

켄타가 옛날 시트콤의 한 장면처럼 뒤로 자빠지는 흉내를 냈다.

"얘가 진짜, 할머니에게 전화하면 어쩌자는 거야!"

"왜? 누구에게 전화할지 정한 것도 아니잖아? 와… 엄마한테 전화가 엄청 와 있네."

화면을 보고 놀란 코하루가 휴대폰 전원을 끄려고 하는 것을 서둘러 막았다.

"엄마한테도 전화해주는 건 어때?"

"됐어, 괜찮아."

어머니는 괜찮지 않겠지만 이제는 우리도 어쩔 수 없었다. 할머님이 연락을 넣어주시겠지. 나도 어렸을 때는 코하루 못지않게 부모님을 꽤 고생시켰을 것이다.

시간이 지나 시야가 넓어지자 그 당시에는 보이지 않았던 것들도 보이게 되었다. 그래서인지 종종 노파심 때문이라면서 아이들에게 자신의 경험담을 들려주는 어른들이 있었다. 그렇지만 난 그러지 말아야겠다고 결심했다. 아직 보이지 않는 세계의 이야기를 들려줘도, 이해하지 못할 테니까.

"저 사람, 히로코라고 했지?"

코하루가 엄청난 소리로 코를 골면서 잠들어 있는 히

로코를 보며 웃었다.

"응, 맞아. 히로코야. 취해서 잠들어버렸어."

나도 히로코를 바라보며 말했다. 한 번 잠들면 일어나지 않는 타입인 걸까, 이렇게나 시끄럽게 떠들고 있는데도 일어날 기미가 보이지 않았다.

"최근에 잠을 잘 자지 못한 게 틀림없어. 어른들이 얼마나 힘든 줄 아니? 수도 없이 많은 고민과 문제가 끊이질 않는다니까, 정말."

켄타가 설교를 늘어놓듯이 말했다. 코하루는 대충 응응, 하고 고개를 끄덕이며 다음 과자를 고르고 있었다.

"코하루는 형제가 몇이야?"

나도 초콜릿을 먹으며 질문을 던졌다. 코하루는 입을 꾹 다문 채로 손가락 하나를 들어 올려 보였다. 외동이라는 뜻이겠지. 켄타가 킥킥하고 웃음을 터뜨렸다.

"어쩐지 제멋대로더라니."

"제멋대로라니! 중심이 확실히 잡혀 있는 것뿐이라고!"

코하루는 발끈하며 말을 되받아쳤다.

"켄타, 나도 외동인데?"

외동아이가 모두 제멋대로인 건 아니라고 말하고 싶은 마음에 항변했다.

"그런 건 말 안 해줘도 딱 보면 안다구. 너희 둘, 닮았 거든."

내가 발끈하기도 전에 코하루가 입을 열었다.

"나는 제멋대로이지 않아. 코토하도 그렇지? 맞지?"

"맞아. 외동이 제멋대로라는 둥, 대체 어느 시대 때 이 야기를 하는 거야. 요즘 세상에 외동이 얼마나 많은데. 그 렇지?"

"그럼, 그럼."

"어맛, 실례." 켄타가 한 손으로 입을 막고 눈을 동그랗 게 뜨며 놀란 표정을 지었다.

"외동들끼리 뭉치니까 당해내질 못하겠네."

코하루는 여전히 원망스러운 표정으로 켄타를 바라보 고 있었다.

"그럼 켄타는 어떤데?"

"나? 흥, 뭐든 상관없잖아."

"상관없지 않거든? 그렇지, 코토하?"

모처럼 코하루의 말문이 트였으니 나도 이번에는 필요 이상으로 거들어보기로 했다.

"맞아. 켄타는 좀처럼 자기에 대한 것은 말해주지를 않 더라. 다른 사람 이야기는 물어보면서. 그러고 보니 아직 어떤 일을 하고 있는지도 알려주질 않았잖아."

"진짜? 최악이네."

"시끄럽다니까, 정말."

켄타가 새 맥주 캔을 따서 마시며 이렇게 말했다.

"외동이 아니라는 것만큼은 확실해."

그 말투를 듣고 감을 잡았다. 어쩐지 이제는 켄타라는 사람에 대해 조금은 알게 된 것일지도 모르겠다.

"…혹시 형제가 많은 거 아니야?"

"픕." 하며 켄타는 맥주를 거의 뿜어낼 뻔했다. 정곡을 찔린 모양이었다.

"많다니, 얼마나?"

코하루는 흥미진진한 눈을 한 채 켄타를 들여다보았다.

"세 명 정도 있는 거야?"

그렇게 묻자, 켄타는 "그 정도야."라며 아무렇지도 않다는 듯이 대답하고 넘어갔다. 나는 코하루와 시선을 주고받았다.

"딱 보니까, 일곱 명 정도 있네."

코하루가 명탐정이라도 된 듯이 강하게 말했다.

"그래? 아홉 명 정도 아닐까?"

그렇게 말하며 나도 모르게 웃음이 튀어나왔다. 켄타

를 놀리다니, 이런 상황은 처음이라 즐거웠다. 상황이 역전된 모양새였다.

켄타는 아무 말도 하지 않으며 우리들을 뚫어져라 쳐다보았다. 처음에는 무시하려던 모양이었겠지만 얼마 지나지 않아 불편해졌는지 크게 한숨을 내쉬었다.

"아휴! 시끄러워서 못 살겠네. 다섯 명이야, 다섯 명!"

켄타가 소리치며 항복했다.

"와아, 다섯 명? 대박."

코하루는 신기하다는 듯이 탄성을 질렀다.

"그래, 많아서 미안하게 됐네요."

켄타가 고개를 획 돌렸다.

"켄타는 몇 번째야?"

내 질문에 켄타는 한쪽 눈썹을 치켜올리며 나를 쏘아보았지만, 이내 코로 크게 한숨을 내쉬었다.

"첫 번째."

"그 말은 장남이라는 거잖아!"

코하루가 흥분한 목소리로 외쳤다.

"그래. 그게 뭐 어쨌다는 거야?"

성가시다는 듯이 대답하는 켄타.

"아니 그러니까, 장남인데… 제일 큰형인데 오카마라

니. 너무 웃기잖아!"

코하루는 재미있다는 듯이 깔깔대며 웃고 있었다.

"그게 무슨 상관이야. 형제가 많으니까, 한 명 정도는 게이여도 괜찮잖아? 오히려 남동생과 여동생, 모두의 마음을 이해해줄 수 있으니 이득이라구!"

켄타가 맥주를 벌컥벌컥 마셨다. 그 모습을 보고 있자니 외동을 부러워한다는 걸 알 수 있었다. 그래서 그렇게 놀린 거겠지. 하지만 이렇게 말하는 나도, 예전부터 형제자매가 많은 친구들을 부러워했다. 인간은 자신이 갖지 못한 것을 원하는 법인가 보다.

왜인지는 모르겠지만 마음이 부드러워진 내가 켄타에게 물었다.

"가족들은 켄타가 게이라는 걸 알고 있어?"

켄타는 잠시 뜸을 들이며 대답할지 말지 망설이는 듯했다. 켄타가 창문 밖으로 시선을 돌렸다.

"부모님도 동생들도 모두 알고 있을 거야. 날 봐서 알겠지만, 숨기고 싶어도 말투나 행동에서 드러났을 것 같거든. 하지만 아무도 직접 물어보지는 않아. 물어봐서는 안 될 거라 생각하는 거겠지. 관계가 변할까봐 두려운 거야, 가족들도 나도."

그렇게 말하며 켄타는 행복한 건지 불행한 건지 모를 복잡한 표정을 지었다. 코하루는 조용히 켄타를 바라보고 있었고, 나 역시도 "그렇구나."라고만 대답했다.

켄타는 윗옷 주머니에서 전자 담배를 꺼내려다가 도로 집어넣고는 맥주 뚜껑을 땄다.

"고등학교를 졸업한 뒤로는 집을 나와서 혼자 살고 있어. 일이 바쁘기도 하고, 시간이 있으면 삿포로로 가버리니까 가족들을 못 본 지 한참 된 것 같아."

"가족들도 고베에 살고 있는 거야?"

고개를 젖히고 맥주를 들이켜는 켄타의 목젖이 보였다. 내가 질문하자 켄타는 눈을 휘둥그레 뜨며 되물었다.

"고베? 갑자기 고베라니?"

"그야, 켄타는 고베에 살고 있잖아?"

고베역 플랫폼에 앉아 있던 모습을 떠올리며 물으니, 켄타는 이상하게도 웃음을 터뜨렸다.

"어머, 웬일이니 진짜. 내 고향은 기후현이라구. 참고로 덧붙이자면, 부모님 집에서 차로 10분 거리에서 살고 있는걸."

농담인 줄 알았지만, 생각해보니 켄타에게 고베에서 산다는 이야기를 들은 기억은 없었다. 켄타는 어리둥절해 있는 코하루를 흘끗 쳐다본 후, 우아하게 다리를 꼬았다.

"난 원래 내 이야기는 하지 않는데 특별히 조금만 해줄게. 난 말이야, 기후의 아이야."

'기후의 아이'라는 말은 처음 듣는 표현이었지만, 그보다는…….

"그럼 아까는 왜 고베역에 있었던 거야?"

"아, 그거?"

이제야 납득된다는 듯이, 켄타는 몇 번인가 고개를 끄덕거렸다.

"삿포로로 향하는 드림호의 출발역이 고베잖아? 중간에서 타버리면 같은 방에 머무는 사람들에게 반말로 대화하자고 제안하기 껄끄럽잖아. 그러니 일부러 고베까지 가서 탄 거야."

확실히, 중간에 탄 사람이 뜬금없이 방의 규칙을 정하는 건 이상할 것 같았다. 하지만 그렇다고 그런 이유 때문에 일부러 고베까지 가다니…….

"그, 그럼, 직업은 뭔데?"

물으면서 몇 가지 후보가 머리에 떠올랐다. 유흥업일까? 아니면 정반대로 건설업계 쪽이라든가…….

"고등학교를 졸업하자마자 집에서 나왔다고 했잖아.

얼마 동안은 아르바이트를 하면서 살았는데, 역시 제대로 된 자격을 따고 싶어서 돈을 모아 간호 대학에 들어갔어. 이래 봬도 간호사라구."

"뭐라고? 완전 의외다!"

코하루가 진심으로 놀란 것 같은 표정을 지었다. 나도 마찬가지였다. 많은 정보가 한꺼번에 들어온 탓에 머릿속에서 정리가 잘 되지 않았다.

"간호사라면 상당히 바쁠 텐데? 어떻게 그렇게나 자주 휴가를 쓸 수 있는 거야?"

이상한 일이었다. 간호사라고 들으니 정말 간호사처럼 보이기 시작했다.

"숙부가 병원을 운영하고 계시거든. 그곳에서 사회보험*에 가입할 수 있을 정도로만 일하고 있어. 남는 시간에는 다른 숙부가 운영하는 편의점에서 아르바이트를 하고. 이쪽도 일할 사람이 부족해서 그만둘 수가 없거든."

"그렇구나……."

"그래서 휴가는 비교적 자유롭게 쓸 수 있는 편이야. 어때? 이제 속이 시원하니?"

---

* 일본의 기업에서 일정한 자격 요건을 충족한 노동자에게 의무적으로 보장해야 하는 보험이다.

본인에 대한 이야기는 별로 말해본 적이 없는 것인지 켄타의 얼굴이 살짝 빨개져 있었다. 그런 켄타를 보며 귀엽다는 생각이 들다니… 참 이상한 일이었다.

　아직 듣고 싶은 이야기가 많았지만 코하루가 크게 하품을 했기 때문에 입을 닫기로 했다.

　"있잖아, 아오모리에는 언제쯤 도착해?"

　코하루가 과자를 우물거리며 나를 바라보았다. 물론 내가 알 리 없었다. 나는 그대로 오른쪽으로 시선을 돌렸고 켄타는 어깨를 으쓱거렸다.

　"내 기억이 맞다면 아오모리에 도착하는 건 새벽 두 시쯤일 거야."

　"엑, 그렇게 늦게? 나 아침에 잘 못 일어나는 거 알잖아? 일어날 수 있을까……."

　코하루가 나를 보며 동의를 구했다. 내가 그런 사실을 알 리 없는데 말이다. 켄타의 얼굴에 미소가 다시금 떠올랐다.

　"괜찮아, 틀림없이 아오모리에서 내리게 될 테니까."

　"응? 깨워줄 거야?"

　안심하는 코하루를 향해 켄타는 고개를 좌우로 흔들어 보였다.

"아니지, 아니지."

"모닝콜 서비스라도 있는 거야?"

"그것도 아니지. 요컨대, 안 자면 된다는 말이야."

"…웃기지 마."

"어머, 어머." 켄타가 말을 이었다.

"진지하게 말하는 건데? 모처럼이니까 여자들끼리 밤새 수다나 떨자구."

아무래도 밤새 이야기하자던 말은 진심이었던 모양이다.

"말도 안 돼. 어제 잠도 거의 못 자서 졸리단 말이야."

코하루가 투덜거리며 불평했지만, 켄타는 들은 척도 하지 않았다.

"어차피 지금부터 잔다고 해도 많이 못 잔다구. 괜찮아, 잠들 것 같으면 내가 냅다 때려줄게. 그러니까 걱정 마시라구요."

켄타는 더할 나위 없이 밝은 미소를 지었다.

시계를 확인해보니 저녁 아홉 시 반.

이 밤에 스미듯, 우리들을 실은 열차는 북쪽을 향해 달려가고 있었다.

제4장

북위 37도

위도를 넘어서

카이토는 머리속에 떠오른 생각을 곧장 입 밖으로 내뱉는 성격이었다. 상대방이 상사라고 해도 마찬가지였다. 납득되지 않는 일이 있으면 망설이지 않고 의견을 냈다.

　예전에는 의견이 부딪치는 일도 많았던 듯했지만, 내가 회사에 입사했을 무렵에는 그것이 그의 개성으로 받아들여진 이후였다. 상사들은 "또 저 녀석이네." 하고 쓴웃음을 지어 보였고 거래처 직원들은 우수한 인재로 인정하고 있었다.

　그런데, 정작 고백은 내가 했다. 약속을 잡는 것도 저녁 식사 장소를 선택하는 것도 나의 몫이었다. 그는 자기주

장을 하지 않았다.

"일과 사생활은 별개야."

그가 휴대폰 게임을 하며 그렇게 말했던 것이 떠올랐다. 등을 구부린 채로 열심히 화면을 두드리는 카이토. 그건 나만이 알고 있는 그의 진짜 모습이었다. 비밀을 공유하고 있다는 기분이 들어 기뻤다.

카이토가 아버지의 수술 일정에 맞춰 고향으로 돌아간 그날 밤. 나는 카이토와 전화하면서 수술 후의 경과에 대해 물었다. 그런 내게 카이토는 "그것보다"라고 화제를 돌리며, 흥분한 목소리로 우연히 전 여자친구를 만났다고 말했다.

분명히 다른 의도는 없었을 것이다. 지금도 그렇게 생각하고 있다. 그렇지 않았다면 내게 말하지도 않았을 테니까. 하지만 부드러운 어조로 대학 시절의 추억을 이야기하는 카이토의 목소리를 들으며, 폭풍이 다가오는 것을 느낄 수 있었다.

카이토는 다시 고베로 돌아온 이후부터 전 여자친구에 대한 이야기를 하지 않았다. 마치 우연한 재회 따위는 없었던 것처럼. 딱 한 번, 내가 무심하게 물어봤을 때도 관심 없다는 듯이 "아, 그랬나?" 라고 대답할 뿐이었다.

카이토가 얘기를 꺼내지 않으니, 나도 말을 할 수가 없었다. 삿포로로 돌아가는 일도 혼자서 결정하더니, 사표를 냈다는 사실까지도 다른 사람을 통해 전해 들었을 정도였으니까. 내가 화를 내거나 울어도 달라지는 것은 없었다.

"멀리 떨어져 있어도 괜찮아."

그 말을 믿었다. 아니, 지금도 믿고 있다.

열차는 쉬지 않고 앞을 향해 달려나갔다. 창밖으로 보이는 풍경이 어느새 칠흑처럼 어두워졌다. 터널 안에 있는 건지, 바깥에 있는 건지 구분조차 되지 않을 지경이었다.

가끔씩 보이는 도시의 빛들은 마치 별빛이 비치는 바다 같았다. 밤이 깊어진 탓인지 역에 도착해도 안내 방송이 들리지 않았다.

그러고 보니 열차의 진동이나 다른 소음들도 더는 신경이 쓰이지 않았다.

삿포로에 차근차근 가까워지며 카이토와의 거리도 줄어들고 있었지만 나는 여전히 문자를 보내지 못하고 있었다. "오면 곤란해.", "바빠서 만날 수 없어." 같은⋯ 그가 나를 거절하는 답이 돌아올까봐 두려워서 아무것도 하지 못했다.

카이토를 만나면 뭔가 달라질까?

직장을 잃은 지금, 삿포로로 돌아가면 모든 것이 예전처럼…….

"37도."

뜬금없이 켄타가 검지를 들어올렸다.

"뭐야, 갑자기."

내 말이 들리지 않는 것처럼 켄타는 한 번 더 반복했다.

"북위 37도."

"북위? 그게 뭔데?"

배가 부른 모양인지 소파에 누워 있던 코하루가 중얼거렸다.

"북위도 모른다고? 웬일이니, 이거 정말 말세네. 위도를 말하는 거잖아. 학교에서 배웠을 텐데?"

"그랬나?"

음… 하고 고개를 갸웃거리는 코하루에게 나는 구원의 손길을 내밀었다.

"북위 정도야 알고 있지. 뜬금없이 이야기를 꺼내니까 순간 기억나지 않았던 거고. 그렇지?"

"잘 보라구. 여기, 지금 우리가 정차한 곳이 후쿠시마역이야. 즉, 바로 이곳이 후쿠시마현이라는 소리지. 이로

써 북위 37도를 넘은 거야."

켄타가 창문 밖을 가리키며 말했다. 플랫폼에는 정말로 '후쿠시마역'이라는 글자가 쓰여 있었다. 시계를 보니, 밤 열한 시에 가까워지고 있었다.

"이 여행은 말이야, 위도를 넘어가는 여행이라구."

"무슨 말인지 잘 모르겠어."

흥미 없다는 듯 투덜거리는 코하루에게서 시선을 떼더니 나를 바라보는 켄타. 늦은 밤이었지만 오히려 낮보다 더 기운이 넘쳐 보였다.

"코토하, 우리가 탑승했던 고베역의 위도를 알고 있어?"

"…글쎄."

"대략적인 숫자로 말하자면, 고베역은 북위 34도야. 나고야역이 35도, 우에노역이 36도 정도니까 조금씩 위도를 넘어가고 있는 거지."

"그럼 삿포로는?"

카이토가 살고 있는 도시의 이름을 내뱉자 애달픔과 괴로움이 섞인 기분이 들었다.

"삿포로는 43도야. 고베와 겨우 9도 차이인데, 너무 멀게 느껴지지 않아?"

"맞아."

솔직하게 대답했다.

카이토와의 거리를 나타내는 위도의 차이, 그것이 바로 9도. 겨우 한 자릿수에 불과한 차이인데, 그 거리는 너무나도 멀었다. 아까 생각하던 것이 다시 머릿속에 떠올라 미간을 찌푸리고 말았다. 1도씩 가까워진다고 생각하자 그와 만나는 것이 두렵게 느껴졌다.

"또 그런다! 어두운 표정 좀 짓지 말라니까. 어차피 가까워질수록 불안하다는 둥, 그런 생각이나 했지?"

켄타가 나의 속내를 꿰뚫듯이 말했다. 정말로 초능력자인가 의심스러울 정도였다. 반박하려고 했지만 어차피 거짓말을 하더라도 금방 들통날 것이다.

"무서워서 그래."

솔직하게 말했다.

"무서워?"

응, 하고 고개를 끄덕였다. 그러자 코하루는 소파에서 몸을 일으켜 앉더니, 신기하다는 듯이 나를 쳐다보았다.

"진짜네, 표정이 이상해."

"사람한테 이상하다는 말은 하는 게 아니야. 그럴 때는 그늘이 보인다고 해야지."

코하루를 대하는 켄타의 말투가 제법 다정하게 바뀌어

있었다. 코하루는 아직 눈치채지 못한 것 같지만 말이다. 소파 위에서 무릎을 껴안고 앉은 코하루가 깔깔거리며 웃음을 터뜨렸다.

"그늘이 보이는 표정은 뭐야? 반대말은 햇빛이 보이는 표정이야?"

"쫑알쫑알 시끄럽네, 정말. 방해 좀 하지 말아줄래?"

반대쪽 다리로 바꿔서 꼬아 앉는 켄타와 눈이 마주쳤다.

"위도를 1도씩 넘고 있는 지금, 어떤 기분이 들어?"

"……."

한숨이 새어 나왔다. 겨우 3도를 넘어왔을 뿐인데, 처음 열차를 탔을 때의 기분 따위는 사라져버렸다.

"…말하고 싶지 않아."

나직이 중얼거리며 저항했지만 켄타에게는 통하지 않는 듯했다.

"안 되지. 여자들끼리의 대화에 패스는 절대 금지라구."

켄타는 손가락을 좌우로 흔들어 보이며 말했다. 코하루도 눈을 동그랗게 뜨고서 나를 뚫어져라 응시하고 있었다.

고개를 떨어뜨렸다. 방금 전까지만 해도 신경 쓰이지 않았던 열차의 진동이나 레일의 삐걱거리는 소리, 히로코의 코 고는 소리가 파도처럼 몰려들었다.

"나는… 왜 여기에 있는 걸까, 그냥 자꾸 그런 생각만 들어서…….."

두 사람이 끼어들지 않는 것을 확인한 뒤에 계속해서 말을 이었다.

"삿포로에 가면… 어떻게든 될 거라고 생각했어. 그의 말투가 차갑게 느껴지는 것도, 불안한 감정이 드는 것도, 모두 오랜 시간 멀리 떨어져 지낸 탓으로 치부했으니까. 그런데 지금은 무서워. 만나는 게 무서워…….."

창문 너머의 풍경이 움직이기 시작했다. 역을 밝히던 빛이 사라지며, 검은 창문 위로 내 얼굴이 흐릿하게 비쳤다.

이대로 카이토를 만나러 가도 괜찮을까?

만나면, 그다음에는 어떻게 할 생각이지?

반년 동안, 아니, 그보다 더 예전부터 느꼈던 위화감. 그게 진짜라는 걸 확인하러 가는 기분. 내가 하고 있는 모든 행동들이 너무나 우스꽝스럽게 느껴졌다.

켄타를 쳐다보자 그는 고개를 한 번 끄덕였다.

"이해해. 불안할 거라 생각해."

켄타답지 않게 긍정적인 대답을 해주었다.

"코토하는 아픈 사랑을 하고 있구나."

코하루도 한숨을 내쉬며 나직이 말했다.

사람들은 슬픈 사람에게 다정하게 대해주곤 한다.

켄타가 전자 담배의 전원을 켰다. 깊게 흡입한 후 내뱉는 켄타의 입에서 뿌연 수증기가 공중으로 뿜어져 나왔다. 수증기가 일렁이며 사라져가는 모습을 바라보고 있으니, 이내 슬픔이 다시 얼굴을 드러냈다.

"난 말이야, 코토하랑 코하루. 둘 다 솔직히 대단하다고 생각해."

"으엉?"

칭찬받을 거라고는 생각지도 않았던 모양인지, 코하루가 얼빠진 소리를 냈다.

"코토하는 슬픈 사랑. 코하루는 젊은 혈기의 반항. 그게 너희를 움직이게 만들어서 이렇게 열차에 타고 있는 거잖아. 그것만으로도 나는 너희 두 사람이 존경스러워."

"…그런 거야?"

아까도 비슷한 말을 했지만 나는 잘 이해가 되지 않아 다시 한번 되물었다.

"그래. 보통은 말이야, 차일 거라고 생각하면 만나러 가지도 않아. 하찮은 싸움이 가출로 이어졌다고 해도 아오모리까지 가지는 않는다구."

"잠깐만, 그건 칭찬하는 게 아니잖아."

코하루가 입을 삐죽거리며 항의했다. 역시 아까처럼 칭찬으로 붕 뜨게 만들고서 다시 떨어뜨리는 느낌이었다.

"딱히 칭찬하려던 건 아니었는데? …뭐라고 표현하기는 어려운데, 부럽다고 생각했을 뿐이야."

목소리의 톤을 낮추는 켄타에게서 위화감을 느꼈다.

"켄타도 애인을 만나러 가기 위해 열차에 탄 거 아니야? 목적이 있다는 점에서는 우리랑 똑같을 텐데."

내 입장에서 보면 장거리 연애를 즐기며 여유롭게 여행을 떠날 수 있는 켄타 쪽이 훨씬 부러웠다.

"그렇기는 하지만, 뭐… 이쪽도 여러 사정이 있다구."

켄타는 여전히 그림자가 드리워진 표정으로 방 안을 둘러보다가, 갑자기 "어머나!" 하고 소리를 질렀다. 켄타를 따라 눈길을 돌리자, 히로코가 침대에서 얼굴만 빼꼼 내밀고 우리를 바라보고 있었다.

"뭐야 정말, 일어났으면 이쪽으로 오라구."

켄타가 그렇게 말하자, 히로코가 "헤헤." 하고 웃으며 부리나케 일어나 다가왔다. 히로코는 코하루의 옆에 자리를 잡더니 머리를 숙였다.

"저는 히로코라고 해요. 잘 부탁해요. 저도 모르게 잠들어버려서 정말 미안해요. 이래 보여도 이 안에서는 제가 제일 연장자일 거예요."

"저는 코하루예요. 잘 부탁드립니다."

코하루도 가볍게 머리를 숙이며 인사했다.

"어머? 너도 제대로 인사할 줄 아는구나?"

쓴웃음을 짓는 켄타를 향해 코하루가 턱을 들어 올리며 자랑스레 말했다.

"아까 혼났으니까, 일단은 해야지."

"켄타에게 혼났어요? 무서워요, 이분."

히로코가 눈꼬리를 내리며 웃어 보였다. 한참이나 어린 아이에게 존댓말을 사용하는 인품에 호감이 갔다.

"무섭긴 뭐가 무서워? 난 상식을 가르쳐준 것 뿐이라구. 말하자면 교육이라는 거지."

"그 교육 방법에 문제가 있는 거라구요."

장난스럽게 말하는 히로코에게 코하루도 "맞아." 라고 맞장구를 치며 동의했다.

"방금도 심한 소리를 들었는걸."

"섬세하지 않아서 그래요."

두 사람은 벌써 호흡이 맞는 모양인지 서로의 얼굴을 마주 보며 킥킥 웃고 있었다.

"아휴, 내가 이래서 여자들만 있는 건 싫다니까. 잘생긴 남자 한 명쯤은 탈 거라고 생각했는데."

천장을 올려다보며 한탄하는 켄타의 주위에서 웃음이
터져 나왔다.

"히로코 씨… 아, 히로코. 이제 기분은 괜찮아?"

"네. 제가 뭔가 무례한 짓을 하지는 않았나요…?"

"무례할 수가 없었지. 취해서 곧장 잠들었으니까."

어이없어하던 켄타도 표정만큼은 밝았다.

"미안해요. 제가 취하면 바로 잠드는 모양이라… 남편
에게도 예전에 자주 놀림을 당하곤 했죠."

"히로코는 결혼했어?"

코하루가 흥미롭다는 듯이 물어보자, 히로코는 머쓱한
지 살며시 몸을 뒤로 뺐다.

"…그, 어떻게 말해야 할까요…… 결혼 생활을 겨우 유
지하고 있다고 봐야겠죠."

"엇, 싸운 거야? 그럼 나랑 비슷한 상황이네."

"코하루도 싸우고 온 거예요? 방금 일어나서 무슨 상
황인지 잘 모르겠어요……."

"아오모리까지 가출 여행 중이야."

어째서인지 기세등등하게 말하는 코하루를 보며, 히로
코는 당황스러운 표정으로 나를 바라보았다.

"코하루는 가출한 상태예요. 아파트 보일러실에서 하룻밤을 보낸 후에 아오모리에 있는 할머니 댁에 가기 위해 이 열차에 올라탄 거죠."

설명을 덧붙이니, 히로코는 그제야 이해가 됐는지 눈을 동그랗게 뜨며 말했다.

"그랬군요. 비슷한 상황일지도 모르겠지만 저의 경우는 좀 더 심각한… 말하자면 일종의 '별거'라고 할 수 있어요."

"별거라. 흐음."

코하루는 노골적으로 흥미로운 표정을 지으며 히로코를 바라보았다. 히로코는 코하루의 뒤편에 자리한 창문으로 시선을 던졌다. 어두컴컴한 창문에 비친 자신의 모습을 보고 있는 것일까. 잠깐의 침묵이 흐른 뒤, 히로코는 코하루를 향해 다시 눈길을 돌렸다.

"노파심에 한마디 해도 될까요. 가출은 좋은 생각이 아닌 것 같아요. 집에 있는 가족들이 걱정하고 있을 거예요."

"하지만 히로코도 별거할 거잖아?"

"음… 그렇긴 하지만……."

"그럼 똑같잖아. 히로코에게 그런 말을 할 권리는 없어."

코하루는 단호하게 말을 끊었고, 히로코는 눈을 휘둥

그레 떴다. 이 두 사람을 보고 있으면 도대체 누가 연장자인지 알 수 없게 되고 만다.

"히로코가 한 방 먹었네. 그렇지만 내 입장에서 보면 두 사람은 같은 부류인데 말이야."

켄타의 공격이 다시 시작되었다. 마치 공격의 차례가 바뀌는 게임을 보고 있는 것 같았다.

"아니에요."

"아니라구."

두 사람이 화음을 이루는 것을 보며, 켄타는 소리 내어 웃었다.

"역시 닮았다니까, 이 두 사람."

히로코가 풋, 하고 웃음을 터뜨리더니 어깨의 힘을 풀었다.

"정말이네요. 확실히 닮았어요."

"뭐? 말도 안 돼……."

여전히 납득할 수 없다는 듯이 코하루가 볼을 부풀리며 말했다. 이렇게 옆에서 보고 있으니, 어쩐지 모녀지간처럼 보였다.

"코하루, 앞으로 어떻게 할 생각이야?"

켄타가 몸을 살짝 앞으로 기울이며 물었다.

"할머니네 집에 갈 거라고 했잖아."

코하루는 무사태평하게 어깨를 으쓱하며 대답했다.

"그게 아니라, 그다음에는 어떻게 할 거냐고 묻는 거야. 영원히 할머니 댁에 있을 수는 없잖아? 학교도 가야 하고 곤란해질 텐데."

"그건… 그치만, 나는 아무 잘못도 없단 말이야."

코하루는 팔짱을 끼고서 불퉁한 표정을 지었다. 그런 코하루를 향해 미소 짓는 켄타의 얼굴은 지금까지와는 다르게 부드러웠다.

"부모님들이 그렇게 싫어?"

"응. 너무너무. 맨날 비아냥대면서 잔소리만 한단 말이야."

얼굴을 찌푸리며 말하는 코하루를 향해, 켄타는 "그렇구나."라며 고개를 끄덕였다.

"그런데 말이야, 내일 죽는다면 어떨 것 같아?"

"엥?"

"코하루가 내일 죽는다면? 아니면 반대로, 아버지나 어머니가 내일 죽는다면?"

켄타가 말하려는 것이 무엇인지 알 것 같았다. 나도 그를 거들었다.

"그런 일은 일어나. 나도 경험해봤고."

"그러면 코토하는 아빠나 엄마가 안 계시는 거야?"

코하루가 의아한 표정을 지으며 대답을 원하는 듯 물어왔기 때문에, 나는 가볍게 고개를 저었다.

"호쿠토를 말하는 거야."

"그게 뭔데?"

"옛날에 키웠던 강아지 이름이야. 호쿠토라고 불렀거든. 겁이 많은 시바견이었어. 그래서 일부러 강해 보이는 이름을 지었는데, 처음부터 끝까지 이름의 무게를 감당하지 못했던 것 같아."

호쿠토라는 이름을 꺼낼 때마다 가슴이 벌렁거렸다. 벌써 몇 년이나 지난 일인데도 호쿠토를 떠올리면 울 것 같았다.

"내가 아직 고등학생이었을 때의 일이야. 어느 날 아침에 호쿠토가 내 신발에 소변을 봤더라고. 새로 산 신발이었는데 말이야. 그래서 엄청나게 혼을 냈어. 굉장히 겁을 먹고 무서워하는 것 같았는데 용서가 되지 않았지."

코하루는 조용히 나를 바라보고 있었다. 히로코도 나와 눈이 마주치자 천천히 눈을 깜빡여 보였다.

그날의 일은 지금까지도 기억하고 있었다. 후회스러운

기억이기에 더더욱 그랬다.

"학교에 갔다가 돌아오는 길에, 아침엔 내가 너무 심했다는 생각이 들더라……. 그래서 더 귀여워해야겠다고 마음을 먹었지. 그런데, 호쿠토는 없었어."

"없었다고?"

코하루의 목소리가 낮아졌다.

그날은 아침부터 비가 내렸다. 집으로 돌아가는 길에 맡았던 비 냄새, 현관문을 열자 당황한 기색이 역력한 채로 나오던 엄마의 모습.

"호쿠토가 어느 틈엔가 집 밖으로 나갔는데… 차에 치여 죽어 있었어."

내 말을 들은 히로코의 눈이 휘둥그레졌고, 코하루는 입술만 겨우 움직이며 "거짓말."이라고 중얼거렸다.

"가족들 모두가 눈물을 흘리며 슬픔에 잠겼지. 하지만 나는 그 이상으로 나 자신을 용서할 수가 없었어. 마지막에 그런 식으로 심하게 대했던 나를 도무지 용서할 수가 없었던 거야. 그건 지금도 마찬가지고."

코하루는 아무런 말도 하지 못하고 나를 바라보고만 있었다.

그랬다. 그때를 돌이킬 때마다 그저 나를 책망하기만

했다. 왜 더 다정하게 살펴주지 못했을까, 그런 생각만 들어서… 그때 처음으로 인생이란 무언가를 잃은 후에야 깨닫는 게 많다는 것을 배웠다.

"코하루."

코하루의 눈을 똑바로 직시했다. 먼저 경험해봤다는 이유로 누군가를 가르치려 드는 건 딱 질색이었지만, 코하루는 나처럼 슬픈 경험을 하지 않았으면 했다. 한 번 정도는 내 마음을 전해도 괜찮지 않을까?

"방금 켄타가 말한 일이 실제로 일어나지 않을 거라고 장담할 순 없잖아?"

"음… 그렇긴 하지만……."

코하루는 눈을 피하며 중얼거렸다.

"가족이니까 다투는 일도 있을 거라 생각해. 그런데, 그 상황에서 도망치면 분명히 후회할 거야. 코하루는 나와 같은 감정을 느끼지 않았으면 해."

"그래, 맞아."

켄타가 내 말을 이어서 받았다.

"다투지 않고 사는 사람이 어디 있겠어. 그렇지만 납득할 때까지 대화를 나누며 맞춰가는 것이 가족 아닐까? 다른 사람이었다면 분명… 어느 순간 포기해버렸을 테니까."

"역시 가족이란 소중한 존재인 것 같아요."

히로코의 말에 코하루는 한쪽 눈썹을 치켜올렸다.

"어차피 히로코도 같은 상황이잖아."

"맞네."

나도 모르게 동의하고 말았다.

"저는 상황이 달라요. 별거 중인 걸요."

켄타가 다리를 바꿔 꼬며 한숨을 크게 내쉬었다.

"있잖아, 히로코. 별거라는 건 서로 합의한 다음에 이루어지는 거라구. 히로코는 일방적으로 집에서 나온 거잖아. 그럼 가출인 셈이니까, 코하루와 같은 상황이지 않겠어?"

도움을 청하는 눈으로 나를 쳐다보는 히로코에게 마음속으로 사과했다.

"미안하지만 나도 그렇게 생각해."

"네에? 코토하까지 그렇다고요?"

비통한 목소리로 호소하던 히로코는 이내 침묵했다. 코하루는 그 옆에서 눈을 치켜뜬 채로 입술을 삐죽이며 나와 켄타를 보고 있었다.

"그래서, 두 사람은 앞으로 어떻게 할 생각인데?"

마치 형사가 취조하는 것처럼 켄타는 두 사람에게 시선을 던졌다.

"어떻게 할 생각이냐니… 어떻게 하면 좋을까요?"

히로코가 코하루를 향해 도움을 청했다.

"나한테 묻지 마."

코하루는 고개를 돌려버렸다.

"전화… 해볼까?"

그렇게 말하는 내게, 코하루는 순간적으로 거절의 눈길을 보냈다. 그러나 이내 고개를 떨어뜨리고 말았다. 그녀도 사실은 그렇게 해야 한다는 것을 알고 있는 것 같았다.

켄타는 "그렇지?"라고 말했다.

"두 사람은 지금부터 소중한 사람에게 전화를 걸면 돼. 그게 가장 좋은 방법이야."

"잠시만요."

양손을 무릎 위에 올려놓은 채 주먹을 꽉 쥐고 있던 히로코가 이의를 제기했다.

"전화라뇨… 저는 이게 서로를 위해 좋을 거라 판단해서 집을 나온 거라고요! 그리고 이제 와서 할 수 있는 말도 없어요."

히로코의 표정은 당장이라도 울 것처럼 일그러져 있었다. 마치 무죄를 호소하는 피고인 같았다.

"그럼, 반대로 물어볼게."

그렇게 말하더니, 켄타는 몇 캔째인지 모를 맥주의 뚜껑을 따서 한 모금 마셨다.

"이제 남편을… 조금도 사랑하지 않는 거야?"

"그게 무슨…….”

"마음이 사라진 거라면 나도 조용히 있겠지만, 그런 게 아니잖아? 사랑하니까 괴로운 거잖아? 그러니까 그렇게 울고 있었던 거겠지."

"…….”

눈물이 흐를 것 같았는지, 히로코는 천장을 올려다보았다.

"사람을 좋아하는 마음은 내 뜻대로 조절할 수 있는 게 아니잖아. 누군가를 좋아하는 사람은 많아. 하지만 이루어지지 않는 사랑 때문에 고통받는 사람도 있다구. 나는 그런 사람들을 많이 봐왔고, 나도 그런 경험이 있어. 그런데 히로코는 달라. 사랑하는 사람이 네 곁에 있잖아."

아이를 타이르듯 천천히 말하는 켄타의 곁에서, 히로코는 고개를 떨어뜨린 채 힘없이 앉아 있었다.

"난 말이야." 켄타가 남은 맥주를 다 마시고 나서 말을 이었다.

"아이를 가지고 싶다는 마음은 이해하지 못해. 하지만

그런 이유로 사랑하는 사람을 슬프게 만들어도 되는 걸까? 만약에 지금 남편이 죽는다면… 히로코는 평생 고통스러울 거야."

"흑……."

꽉 쥔 양손 위로 뚝뚝 떨어지는 눈물이 보였다.

"만약 아직 사랑이 남아 있다면 제대로 마주했으면 해. 내가 한 조언이 꽤 핵심을 찌른 것 같은데 말이지."

"하지만……."

켄타는 입을 여는 히로코에게 "잠시만" 하고 제지하더니, 코하루를 향해 시선을 돌렸다.

"코하루."

"…뭐?"

"너도 똑같아. 중학생이나 되어서 부모님에게 반항하는 거 아니라구."

"똑같지 않단 말이야."

"내가 보기에는 똑같아. 방금 한 이야기, 제대로 다시 생각해봐. 네가 가출해 있는 동안 부모님이 사고라도 당하면 어떻게 할 거야?"

화살이 자기에게 돌아왔다는 사실에 코하루는 미간을 찌푸렸다.

"그런 공상 같은 이야기는 별로란 말이야."

"공상이 현실이 되는 경우도 있어. 깨달았을 때는 후회해도 늦어버릴 거야."

"후회 따위 안 해. 어린애도 아니고."

퉁명스럽게 고개를 휙 돌리는 코하루를 보며 켄타는 기가 막힌다는 표정을 지었다.

"그런 점이 어린애 같다는 거잖아. 인생이란 건 내일, 아니, 1초 뒤의 일도 예측할 수가 없는 거야. 후회하지 않고 살기란 어려운 일이지만, 그렇다고 선택하는 것조차 포기해서는 안 돼."

"시끄러워 죽겠네. 말했잖아, 난 이미 어른이라니까."

"그렇다면!" 켄타가 큰 소리로 외쳤다. 옆에 있던 나조차도 순간 당황하여 몸을 들썩였다.

켄타는 이내 다시 목소리 톤을 낮추며 말을 이어갔다.

"대화를 통해 해결하라고. 어른이라면 그래야 해."

더는 반론할 수 없었는지, 코하루는 뚱한 얼굴로 등받이에 몸을 기대며 고개를 떨어뜨렸다.

"두 사람한테 닮았다고 했던 건, 둘 다 문제로부터 도망치고 있어서야. 부딪치지도 않았으면서, 먼저 도망가는 게 이기는 거라고 생각하잖아. 난 말이야, 그런 게 제일 싫어. 도망쳐도 힘든 건 똑같다고. 어차피 힘들고 괴롭다면! 어느 쪽을 선택하는 것이 좋을지, 그 정도는 생각해보면 알잖아?"

켄타의 표정은 의외로 차분해 보였지만 어쩐지 지금까지와는 다른 느낌이었다. 뭐라고 표현하면 좋을까… 그건 마치 논리정연하게 이야기를 풀어내는 부처님처럼 영험해 보였다.

"하지만… 이제 와서 전화라니… 할 수 없어요."

"나도 못 해. 무리야."

그렇게 말하는 두 사람을 보며 나도 모르게 고개를 끄덕이고 말았다. 스스로 전화를 거는 것은 상당한 용기가 필요한 일일지도 모르겠다. 두 사람은 한없이 불안해 보이는 표정을 짓고 있었다.

"그렇네."

켄타도 팔짱을 끼며 고민하는 듯했다. 침묵이 흘렀다. 객실 안에는 덜컹거리는 열차 소리만이 울려 퍼지고 있었다.

"아!"

코하루가 불현듯 무언가 좋은 생각이라도 난 것인지 눈을 반짝이며 말했다.

"뭔데 그래?"

켄타가 코하루에게 물었다.

"내가 말이야, 히로코의 남편분에게 전화하는 거야. 그리고 히로코가 우리 부모님한테 전화하는 건 어때?"

"그건 안 돼요."

히로코가 곧장 반대했다.

"왜?"

"왜냐니… 모르는 사람한테서 갑자기 전화가 걸려오면 놀라잖아요."

"그런가?"

코하루는 머리를 갸웃거렸다.

"그렇죠. 게다가 제가 코하루의 집에 전화를 걸면 수상해 보이잖아요. 분명 납치범으로 오해받을 거예요."

"괜찮아. 할머니가 이미 연락했을 거야."

코하루가 자신만만하게 대답했지만, 히로코는 곤란한 표정을 지으며 고개를 가로저을 뿐이었다.

"그 아이디어, 난 찬성이야."

켄타가 손뼉을 치며 말했다.

"켄타, 나이스."

까불거리는 코하루 때문에 미간을 찌푸린 켄타가 말을 이었다.

"서로가 상대방의 가족에게 전화를 걸면 혼날 가능성도 줄지 않을까? 상대방도 감정적으로 반응하기 어려울 테고."

"하지만……."

끈질기게 반대하는 히로코.

"그럼 직접 전화할래?"

켄타가 딱 잘라 말했다.

"곧 날짜가 바뀔 텐데 괜찮겠어?"

내가 말했다. 날짜나 시간 같은 게 자꾸 신경 쓰이던 참이었다. 켄타가 어깨를 으쓱거렸는데, 그 몸짓이 꽤 잘 어울렸다.

"그러면 가족들의 휴대폰으로 전화를 걸어보고, 받지 않으면 괜찮다고 규칙을 정하는 건 어때?"

어쩐지 게임이라도 하는 듯한 모양새가 되고 말았다.

켄타는 주저하는 히로코를 설득해 휴대폰을 꺼내게 했다. 휴대폰의 전원을 꺼두었던 모양인지 다시 켜기까지 시간이 조금 걸렸지만, 모두가 그저 묵묵히 화면을 바라보고 있었다.

드디어 화면이 들어왔고, 히로코가 조작을 해보기도 전에 화면에는 부재중 착신이 여러 개 표시되었다. 발신

자는 모두 '마-쿤'이었다.

"마-쿤이래, 마-쿤!"

코하루가 웃음을 터뜨리며 말했다. 그러나 히로코의 표정은 굳어져 있었다. 긴장한 기색이 역력했다.

"저기… 정말로 전화할 거예요?"

아무래도 주저되겠지. 나도 카이토에게 문자 하나 보내지 못하고 있는걸.

"기왕 이렇게 된 거, 해보자구. 뭔가 생각이 달라질지도 모르잖아? 아, 스피커폰으로 부탁해."

휴대폰을 빼앗아 든 코하루에게 켄타가 말했다. 코하루는 "오케이."라고 고개를 끄덕이더니 화면을 히로코에게 보여줬다.

"어떻게 할래, 히로코? 나 통화 버튼 누른다?"

잠시 고민이 되었는지, '아…….' '으음…….' 하고 끙끙대던 히로코는 이내 등을 곧게 펴고 앉았다. 아마도 동의한다는 뜻이겠지.

코하루가 검지로 통화 버튼을 누른 다음 스피커폰 버튼을 누르자 우리들의 귀에도 수신음이 들려왔다. 막 두 번째 음이 울릴 때쯤 전화가 연결되더니, "히로코? 히로코!" 하고 소리 지르는 남자의 목소리가 들려왔다.

"아, 저기요."

코하루가 말을 하려고 했다.

"어디에 있는 거야! 걱정했다고!"

그러나 아마도 마-쿤인 것 같은 남자의 외침에 가로막히고 말았다.

"죄송하지만, 저는, 히로코가 아니에요!"

지지 않고 크게 말하는 코하루. 켄타는 그 모습을 히죽거리며 조용히 지켜보고 있었고, 히로코는 당장이라도 울음을 터뜨릴 것 같은 표정을 짓고 있었다.

"네? 히로코가 아니라니? 그게 무슨…?"

조금 전보다 목소리가 많이 낮아진 마-쿤은, 말을 잇지 못했다.

"저는 코하루라고 해요. 저기… 그쪽이 마-쿤이세요?"

코하루가 질문했지만 마-쿤은 대답하지 않았다. 이윽고 "설마…….'라고 중얼거리는 목소리가 휴대폰 너머로 들려왔다.

"히, 히로코에게… 히로코에게 무슨 일이 생긴 건가요? 사고를 당한 건 아니죠? 아아… 말도 안 돼. 어떻게 이런 일이…….'

"그런 게 아니라, 사실은."

"히로코는 무사한가요? 지금 어디에 있나요? 어느 병원인가요!"

코하루는 난처한 듯 입을 꾹 다물었다. 히로코는 마치 그곳에 마-쿤이 있기라도 한 것처럼, 가만히 놓여 있는 휴대폰을 주시하고 있었다. 켄타도 아무 말을 하지 않아 어쩔 수 없이 내가 입을 열었다.

"실례합니다. 마-쿤 씨, 저는 코토하라고 해요."

"코토하…? 아니, 그보다 히로코는요? 히로코는 무사한 건가요?"

"괜찮으니 안심하세요."

"아, 무사하다니 다행입니다. 정말 다행이야……."

다른 사람이 끼어들자 마-쿤은 조금 진정된 듯했다. 안도감 때문인지 그는 울먹거리고 있었다.

"지금부터 코하루가 하는 이야기를 들어주실 수 있을까요?"

"…이야기? 아니, 저야말로 이야기하고 싶네요. 히로코, 거기에 있는 거지? 히로코!"

"진정하세요. 지금은 우선 코하루와 대화를 해주시면 좋겠어요."

"네? 어째서죠? 저는 히로코와……."

"히로코가 왜 전화를 받지 않았는지, 제대로 들어주셨으면 해요."

잠시 침묵이 이어진 후, 마-쿤이 "하……." 하고 한숨이 섞인 목소리를 내었다.

"알겠습니다."

나는 코하루에게 눈짓하며 등받이에 몸을 기대어 앉았다.

코하루가 휴대폰에 얼굴을 가까이 가져다 대자, 매끄러운 볼이 휴대폰 화면에 비쳤다.

"있지, 지금 히로코랑 나는 심야 특급열차에 타고 있어."

"…심야, 특급, 열차."

외국인처럼 더듬더듬 되뇌었다.

"삿포로까지 가는 심야 특급열차야. 같은 방을 쓰는 중이고, 히로코는 하코다테에 있는 고향집으로 가는 길이래."

"아… 그렇군요."

드디어 상황을 이해한 모양인지, 마-쿤은 기운이 빠진 듯한 목소리로 중얼거렸다.

"묻고 싶은 게 있어서 전화했는데, 대답해줄래?"

"네, 알겠습니다."

대체 누가 연장자인지 모르겠다.

"마-쿤은 히로코와 이혼하고 싶어?"

"네? 이혼이요?"

"히로코는 헤어지는 방법밖에 없다고 생각하는 것 같아. 하지만 같은 방을 쓰는 친구들의 의견은 달라."

나와 켄타는 고개를 끄덕여 보였다. 히로코는 듣고 있기가 힘들었는지 양손으로 귀를 막고 있었다. 당장이라도 도망쳐버릴 것만 같은 모습이었다.

마-쿤의 숨소리가 잠깐 방 안에 울려 퍼졌다. 역시 대답하기 어려운 걸까…? 기다리다 지친 듯한 코하루가 숨을 들이쉬자마자, 마-쿤의 목소리가 들려왔다.

"…럴 리가. 헤어지고 싶을 리 없잖아!"

마-쿤이 고함을 지르자 히로코의 눈이 휘둥그레졌다.

"저는 단 한 번도 그런 생각을 한 적이 없고, 그건 지금도 마찬가지입니다. 히로코, 지금 옆에 있는 거 맞죠? 히로코를 바꿔주세요!"

"안타깝지만, 규칙상 오늘은 직접 대화할 수 없답니다."

차분하게 대답하는 코하루의 모습에 나와 켄타는 서로를 바라봤다. 켄타도 놀란 듯 보였지만 손가락으로 동그라미를 그리며 코하루를 지지해주고 있었다.

"직접 대화할 수 있게 해주세요."

"부부잖아. 지금껏 함께 보낼 수 있는 시간이 많았을 텐데? 헤어지고 나서 이야기하려고 해도 늦었어. 히로코는 골백번 생각한 끝에 별거를 결심하고서 이 심야 특급 열차에 올라탄 거라고."

어쩐지 코하루가 굉장히 어른스러워 보였다. 그녀의 말대로 지금까지 대화할 수 있는 기회는 충분히 있었을 것이다.

"별거라니, 가당치도 않아요. 저는 히로코와 헤어지고 싶지 않습니다."

"하지만, 마-쿤은 아이를 원하는 것 아니야?"

"원하지 않아요. 그 일에 대해서는 히로코에게 몇 번이고 제 마음을 전달했습니다."

빠르게 대답하는 마-쿤의 대답에 거짓은 없어 보였다. 히로코는 마-쿤의 말보다 스스로의 죄책감을 더 신뢰했던 것이다.

그런 마음을 난 이해할 수 있었다. 혼자서 생각하는 시간이 길어질수록 결론은 나쁜 방향을 향해 나아간다. 짐작은 확신이 되고, 결국엔 그것이 사실일 것이라 생각하게 되는 것이다.

눈이 마주친 히로코에게 고개를 끄덕여 보이자, 그녀

도 같은 반응으로 응해주었다.

"부모님은 손자를 바라고 있는 거지?"

코하루의 질문이 계속되었다. "아……." 하고 마-쿤의 잠긴 목소리가 들려왔다.

"역시 그게 원인일 거라 생각했어요. 부모님에게 연락해서 호통쳤습니다. 이제 더 이상 아무 말씀하지 않으실 거예요. 그러니 히로코에게 돌아와달라고 전해주세요."

히로코는 고개를 떨구고 있었다. 표정은 보이지 않았지만 어깨가 작게 떨리고 있었다.

"땡! 안타깝게도 불합격입니다."

갑자기 코하루가 목소리를 높이며 선언했다.

"장난칠 때가 아니지 않습니까."

"있잖아, 마-쿤은 이번 일을 단순한 가출로 생각하고 있지 않아?"

"그, 그런 건 아니……."

코하루는 말을 더듬는 마-쿤에게, 자신의 소리가 잘 들리도록 크게 탄식했다.

"마-쿤은 전혀 이해하지 못하고 있어. 히로코가 얼마나 많은 고민을 했든, 부모님들이 뭐라고 말을 했든, 마-쿤이 제대로 안심을 시켜줬다면 이런 일은 일어나지 않앉을 거야. 따지고 보면 마-쿤이 히로코를 불안하게 만든 거라고."

자신과 겹쳐 보이는 부분이 있었는지, 코하루는 화를 내듯이 말했다. 말이 끝나기가 무섭게 엄지를 추켜세우는 켄타. 잘했다고 말하고 싶은 걸까.

잠시 침묵이 흐르고, 흐느끼는 소리가 들려왔다. 히로코 는 조용히 휴대폰을 바라보며 미동조차 하지 않고 있었다.

"그렇군요… 정말, 코하루 씨 말이 맞네요…….."

마-쿤의 목소리가 떨리고 있었다.

"사랑하는 사람이 '별거하고 싶다'는 생각을 하도록 만 들어서는 안 돼. 그런 건 너무 슬프잖아. 그렇게 되기 전 에 안심을 시켜줘야지."

"두 번 다시는 슬픈 일을 겪지 않게 할 겁니다. 저는 정 말 한심한 남자군요. 제가 지켜줬어야 했는데."

"알았으면 됐어."

코하루는 흥, 하고 콧바람을 내뿜고는 손가락으로 브 이 사인을 만들어 보였다. 히로코는 의아한 표정으로 그 모습을 보며 숨죽여 울고 있었다. 눈물이 뚝뚝 흘렀다.

"그러면 마지막 기회를 드리겠습니다. 마-쿤은 앞으로 어떻게 할지 대답해주세요."

"네. 저는 앞으로 히로코를 제대로 지키겠습니다. 그러기 위해서라도 히로코에게 확실히 사과할 겁니다. 내일 아침 일찍 하코다테로 히로코를 데리러 가겠다고, 히로코에게 전해주실 수 있나요?"

히로코가 오열하기 시작했다. 새빨개진 얼굴로 콧물까지 흘리는 그녀의 모습이 어째서인지 아름다워 보였다. 코하루는 히로코를 보며 미소 지었다.

"괜찮아, 데리러 오지 않아도."

"하지만······."

"히로코에게는 전해진 것 같아. 그렇지? 히로코. 내일 돌아갈 거지?"

"히로코가 옆에 있나요? 듣고 있나요?"

"응. 고개를 끄덕이고 있어. 엄청 울고 있네."

히로코는 몇 번이고 크게 고개를 끄덕였다. 나보다 나이가 많은 사람이 펑펑 울고 있었지만, 그 모습이 소녀처럼 느껴져서 사랑스러웠다.

"히로코는 내일 돌아갈 테니까 집에서 꼭 기다리고 있어줘."

"히로코! 내가 잘못했어. 다시는 슬프게 하거나 불안하게 하지 않을······."

"그런 얘기는 단둘이 있을 때 천천히 하라구."

코하루가 그의 말을 막았다. 그 말투에 나도 모르게 웃음이 터져 나오고 말았다. 정말, 젊다는 건 굉장하다니까!

켄타도 온몸으로 아낌없이 박수를 쳤다.

"대단해! 나, 정말로 감동해버렸어!"

"켄타, 조용히 해. 지금은 나랑 마-쿤이랑 둘이 이야기하고 있는 거니까."

"너무해. 이렇게 오랫동안 조용히 하고 있었는데, 한마디 정도는 하게 해달라구."

"저기… 거기에 남자분이 계시는 건가요?"

당황한 듯한 마-쿤의 목소리에 코하루는 "괜찮아."라고 대답했다.

"이 사람, 남자긴 하지만 남자는 아니거든. 여기에 있는 그 누구보다도 소녀 같아."

"뭐라구요? 남자인데 소녀라뇨?"

"게다가 남자친구도 있는 것 같고. 히로코에게 손을 대거나 하지는 않을 테니까 안심해."

"남자친구… 자, 잠깐만요."

"괜찮을 거야. 어쨌든 내일 히로코가 돌아가면 제대로 이야기를 듣고, 마-쿤의 마음을 전해줘."

깔깔 웃는 코하루에게, 마-쿤은 "네." 라고 솔직하게 대답했다.

"제대로 전할게요."

마-쿤의 말에, 히로코는 고개를 연거푸 크게 끄덕였다.

"코하루 씨, 정말 감사합니다. 이 전화를 받게 되어 다행입니다. 구원받은 기분이에요."

"정말?"

그 말이 싫지는 않았는지 코하루가 턱을 들어 올렸다.

"코하루 씨가 냉정하게 어른스러운 조언을 해준 덕분에 제 마음을 돌아볼 수 있었고, 반성할 수도 있었어요."

"그런데 난 말이야, 실은 그냥 가출한 중학생일 뿐인걸."

"네? 가출? 중학생!"

비명 같은 목소리가 울려 퍼졌다.

"마-쿤, 그럼 이만, 안녕!"

당황하는 마-쿤을 남겨둔 채 코하루는 통화를 끊어버렸고, 웃으며 히로코에게 휴대폰을 돌려주었다.

"멋져, 코하루!"

켄타가 양손을 가슴에 댄 채 감동을 표했다.

"이 심야 특급열차에서 일어난 에피소드 중 역대 1위라구, 지금 이건!"

"그런 랭킹이 있어?"

나도 모르게 질문을 하니, 켄타는 "당연하지"라고 답했다.

"1위부터 20위 정도까지 있어. 그건 그렇고 히로코도 정말 잘 됐어."

"코하루, 고마워."

눈물을 닦은 히로코는 눈부시도록 아름다운 미소를 띠고 있었다. 이토록 환한 얼굴은 처음이었다.

나도 이렇게 웃을 수 있을까? 그렇게 생각하니 가슴이 조여오는 느낌이 들었다.

제5장

북위 37도

별하늘 열차

날이 저물어갈 무렵, 센다이역에 도착했다는 안내 방송이 흘러나왔다. 밤이 깊은 시간이어서 방송도 멈췄다고 생각했지만, 귀를 기울이지 않으면 들리지 않을 정도로 작게 흘러나오고 있던 모양이었다.

"자, 서두르지 않으면 아오모리에 도착하고 말겠어."

켄타가 코하루의 휴대폰을 빼앗아 히로코에게 건넸다. 조금 전의 기운찬 모습은 어디로 갔는지 코하루는 어두워진 표정으로 중얼거렸다.

"전화하기 싫단 말이야… 안 하면 안 될까?"

"당연히 안 되지. 여자가 칼을 뽑았으면 무라도 베어야지."

"그런 말은 성차별적인 데다가, 애초에 여자한테 쓰는 말도 아니거든."

코하루가 볼을 부풀리며 투덜거렸다.

"부재중 전화가 굉장히 많이 와 있어요. 여기로 전화를 걸면 될까요?"

히로코가 눈을 휘둥그렇게 뜨며 코하루에게 말했다. 히로코는 어느덧 눈물을 그치고 진지한 표정을 짓고 있었다. 코하루에게 보답하고 싶은 것이겠지.

"그대로 걸면 스피커폰으로 연결될 거야."

"알겠어요."

슬쩍 화면을 보니 시간은 열두 시 오 분이었다. 히로코가 버튼을 누르자 곧이어 수신음이 들려왔다.

"아마 벌써 자고 있을지도 몰라. 우리 부모님은 빨리 잔단 말이야."

코하루의 말에 아무도 대답하지 않았다. 그저 휴대폰 화면을 바라보고 있을 뿐.

여섯 번째 수신음이 중간에 끊기며 "네." 하는 여자의 목소리가 들려왔다. 차분한 목소리였다. 가출한 딸에게서 걸려온 전화인데도 말이다. 히로코도 나처럼 이상하다고 생각했는지 당황한 목소리로 여자에게 물었다.

"저, 저기, 코하루 씨의 어머님이세요?"

"……."

"코하루 씨의 어머님 맞으신가요?"

히로코는 상대방이 자신의 말을 듣지 못했다고 생각했는지 다시 한번 반복했다.

"…네, 맞습니다만. 누구시죠? 누구신데 코하루의 휴대폰을 사용하고 계신 건가요?"

"유괴는 아니니까 안심하세요."

히로코가 황급히 대답했다.

"저는 지금 코하루 씨와 함께 심야 특급열차에 탑승 중인 사람입니다. 히로코라고 해요."

잠시 침묵이 흐른 뒤, 어머님은 조금 안심이 된 것 같은 목소리로 "네……." 하고, 답했다.

"조금 전에 아이의 할머니로부터 연락을 받았어요. 정말로 아오모리로 가고 있나 보군요. 농담일 거라 생각했어요."

"몇 시간 안에 아오모리에 도착할 거예요. 코하루 씨에게 가출했다는 이야기를 듣고 설득하는 중이에요."

히로코가 코하루를 힐끗 훔쳐보았지만, 코하루는 지루해 보이는 얼굴로 먼 곳을 응시하고 있었다.

"폐를 끼쳐서 죄송합니다. 그 아이, 사춘기라서요. 마음에 들지 않는 일이 생기면 바로 가출해버리고…….."

"어머니, 그런데…….."

"코하루를 바꿔주세요. 지금 같이 있는 거죠?"

어머님의 분노 섞인 목소리가 히로코의 말을 가로막았다. 코하루가 안전하다는 것을 알게 되자 감정이 북받친 듯했다. 켄타를 보니 고개를 절레절레 흔들고 있었다.

"코하루 씨와 이야기하기 전에 저와 먼저 이야기를 해주시겠어요?"

"왜 그래야 하죠?"

"코하루 씨는 더 이상 싸우고 싶지 않대요. 그러니 제삼자인 제가 중재하는 것이 좋을 것 같아요."

침묵이 유난히 길게 느껴졌다. 잠시 후, 한숨 소리가 들려왔다.

"히로코 씨, 라고 하셨죠? 코하루를 돌봐주시고 신경 써주셔서 감사합니다. 하지만 이건 모녀 사이의 문제예요. 지금 당장, 코하루를 바꿔주세요."

약간 분노한 듯한 목소리로 '당장'을 강조하는 어머님. 코하루는 못마땅하다는 듯 오만상을 찡그리고 있었다.

"어머니, 흥분을 가라앉히고 들어주세요. 코하루 씨를

이해해주셨으면 좋겠어요."

"저는 흥분하지 않았어요. 게다가 코하루의 일이라면 엄마인 제가 제일 잘 알고 있습니다."

"…정말 그런가요?"

"지금 그건 무슨 의미죠?"

어머님의 목소리가 객실 안에 울려 퍼졌다. 그녀는 이제 불쾌감을 감출 생각도 없어 보였다. 그녀의 감정이 격해지면 격해질수록 히로코는 도리어 차분해지고 있는 듯했다.

"부모와 자식 사이는 서로를 이해하는 것이 당연하다는 암묵적인 인식이 있죠. 하지만 실제로는 서로를 신뢰하기 위해 속마음을 알아가려는 노력이 필요하잖아요. 그건 부부나 친구 사이도 마찬가지일 거라 생각해요."

분명, 그녀 자신을 포함한 이야기겠지. 그리고 그건 나도 마찬가지일 테다.

그러나 어머님에게는 전달되지 않은 것 같았다.

"그쪽에게 그런 말 듣고 싶지 않아요. 됐으니까 코하루를 바꿔주라고요!"

공격적인 말투였다.

"한 가지만 질문하게 해주세요. 어젯밤, 코하루 씨가

어디에 묵었는지 아시나요?"

히로코는 차분하게 물었다.

"…그러고 보니, 어제는 어디에…?"

"아파트 보일러실에 있었대요. 이 열차에 탈 때까지 아무것도 먹지 못한 상태였죠."

가볍게 숨을 내쉬고, 히로코는 다시 말을 이어갔다.

"저도 중학교 때 가출한 적이 있어요. 하지만 금방 집으로 돌아갔어요. 밖이 훨씬 더 무서웠거든요. 하지만 코하루는 그렇게 하지 않았죠. 그렇게 할 수 없었던 거예요. 그 정도로 상처받고 화가 났던 거라고 생각해요."

"그건."

"주제넘은 말이겠지만, 코하루 씨에게는 코하루 씨만의 입장이 있어요. 어머님도 그럴 거라고 생각해요. 그런 자신의 입장에 대해서 함께 대화를 나누고 해결하는 것이 가족이라고 생각해요."

코하루는 눈을 동그랗게 뜨고서 히로코를 바라보고 있었다.

"그런 건, 당신이 말해주지 않아도 알고 있어요."

노기가 섞인 목소리였다. 흡… 하고 숨을 들이켜는 히로코와 눈이 마주쳤다. 그녀는 가볍게 끄덕여 보이더니 다시 입을 열었다.

"그렇다면, 코하루 씨를 소중히 여겨주세요."

"뭐라고……."

그 짧은 한마디가 떨리고 있었다. 그것만으로도 코하루의 어머님이 얼마나 화가 나 있는지 느껴졌다.

"확실히, 집을 뛰쳐나온 코하루에게도 문제는 있어요. 하지만 코하루의 어머니라면 그런 일이 일어나지 않도록 먼저 대화를 나눴으면 좋았을 거라고 생각해요."

"적당히 하세요. 당신이 뭘 안다고!"

드디어 폭발하고 말았다. 코하루는 혀를 내밀며 조금 전에 히로코가 했던 것처럼 양쪽 귀를 틀어막았다.

"제가 알 수는 없겠죠."

히로코는 동요하지 않고 차분하게 말했다.

"그럼 쓸데없이 참견하지 마세요!"

"하지만, 저라면 소중한 내 아이에게 그런 슬픈 일을 겪게 하지는 않을 거예요. 이런 추운 밤에 보일러실에서 잠들게 한다거나, 수백 킬로미터 떨어진 아오모리현까지 혼자 가게 만든다거나… 좋아서 선택한 방법은 아닐 테니까요. 집으로 돌아갈 수 없었기 때문에 어쩔 수 없이 선택한 것이겠죠. 너무나 딱하고 가여워 죽겠어요."

어머님은 아무런 말도 할 수 없었는지 침묵했다. 바닥 아래에서부터 레일 위를 달리는 열차 소리가 선명하게 들려왔다.

"어머니, 제 이야기를 들어주시겠어요? 저는 결혼한 지 15년이 되었지만 자녀가 없어요. 아이가… 생기지 않았죠."

문득, 마음 깊은 곳에서 우러나오는 말에는 질량이 있는 것 같다는 생각이 들었다. 열차 안이 히로코의 고통으로 잠긴 것 같았으니까.

"너무나 고통스러워서 이 열차에 올라탔어요. 아무 말도 남기지 않은 채 남편으로부터 도망친 거예요. 하지만 그래서는 안 되는 거라며 코하루 씨가 저를 도와주었어요."

"…코하루가 도움을…?"

어머님은 어리둥절하다는 듯이 히로코의 말을 되풀이했다. 조금 전까지 분노에 차 있던 목소리와는 다른 목소리였다.

"코하루가 제 남편에게 전화를 해줬거든요. 코하루 씨가 남편을 꾸짖는 걸 보면서, 그제야 제 잘못을 깨달았어요. 말도 없이 뛰쳐나오다니… 내 생각에 빠져 있느라 상대방이 걱정할 건 생각하지 못했구나, 내가 정말 잘못했구나… 하고 말이에요. 이제는 코하루도 저처럼 깨달았을 거라고 생각해요. …그렇죠?"

코하루가 고개를 끄덕이며 수긍했다.

"코하루가 그런 말을……."

방금까지의 기세는 어디로 사라졌는지 어머님은 차분한 목소리로 중얼거렸다.

"덕분에 저는 내일 남편의 곁으로 돌아가게 되었어요. 정말이지 코하루 씨가 없었으면 어쩔 뻔했는지… 그러니 지금은 제가 코하루 씨를 도와주고 싶어요. 부디… 그녀가 안심하고 돌아갈 수 있도록 분위기를 만들어주세요."

단숨에 이야기를 전한 히로코는 말이 끝나자 어깨를 들썩였다. 거칠게 숨을 몰아쉰 것이다. 히로코의 뜻이 전달되었을까. 모두가 휴대폰을 주시하고 있던 그때였다.

"히로코 씨……."

어머님의 목소리가 들려왔다. 차분하면서도 슬픔에 뒤덮인 것처럼 느껴졌다.

"코하루에게 들어서 알고 계시죠? 저희 집 사정을……."

반사적으로 고개를 돌리니, 코하루는 굳게 입을 다문 채 고개를 숙이고 있었다. 히로코도 당황하며 그런 코하루의 모습을 바라보는 중이었다. 어머님은 바로 대답하지 못하는 히로코의 반응을 통해 대충 짐작했는지, "그렇군요."라고 작은 목소리로 말했다.

"아직 듣지 못하셨군요. 지금 옆에 코하루가 있나요?"

"네……."

수긍하는 히로코에게, 어머님은 "그렇군요." 하고 대답하며 말을 이었다.

"코하루, 네가 직접 말하렴. 엄마는 기다리고 있을게."

켄타가 몸을 앞으로 슥 내밀면서 코하루를 보았다.

"어떻게 된 거야? 히로코, 통화는 잠깐 대기모드로 돌려줘."

"알겠어요."

경쾌한 대기음이 흘러나왔다.

"제대로 설명하라구. 사정이 있다니 무슨 소리야."

모두의 시선을 느꼈는지, 코하루는 도망치듯 창문 밖을 향해 시선을 돌렸다.

"별것 아니야. 내가 태어나자마자 부모님이 이혼했는데, 이유는 몰라. 물론 낳아준 엄마의 얼굴도 모르고, 나를 버리고 떠났다고 들었어."

깊은 밤, 흘러가는 어둠을 물끄러미 바라보고 있는 코하루의 모습이 창문에 비쳤다.

"그렇지만 불행하다고 생각한 적은 없어. 아빠랑 엄마

는 내가 세 살일 때 재혼했거든. 그 사실을 알게 되기 전까진 당연히 진짜 내 엄마라고만 생각했어."

담담하게 말하는 코하루를 보며 켄타가 내게 눈짓했다. 뭐든 물어보라는 신호였지만… 말이 나오지 않았다. 아무리 생각해봐도 어떤 말을 해야 할지 모르겠다.

"어떻게 그 사실을 알게 됐어요?"

히로코가 질문하자, 코하루는 고개를 갸웃거렸다.

"초등학생 때였나. 이상한 전화를 받았는데, 낳아준 엄마한테서 걸려온 전화였어. 그래서 알게 된 거야. 나를 굉장히 만나고 싶어 했지만 난 모르는 사람이었으니까."

코하루는 내뱉듯이 말한 뒤에, 휴대폰으로 시선을 돌렸다.

"하지만 이런 이야기쯤이야 흔하기도 하고, 이번 일과는 관계없어. 나는 엄마가 엄격한 게 싫어서 참을 수가 없었을 뿐이야."

대기음이 계속 반복되고 있었다. 히로코가 다시 통화 버튼을 눌렀다.

"기다리게 해서 죄송해요. 사정은 전해 들었습니다."

"코하루가 뭐라고 하던가요?"

기다리는 동안 마음을 진정시킨 것인지 휴대폰 너머로

부드러운 목소리가 들려왔다.

"친모녀 사이가 아니라고요. 하지만 그건 이번 일과는 관련이 없다고 했어요."

"저도 그럴 거라 생각했어요. 코하루는 제가 낳은 자식, 아니, 그 이상으로 사랑하고 있으니까요."

코하루는 물끄러미 휴대폰을 바라보며 미동도 하지 않았다.

"코하루, 들리니? 있잖아… 엄마는 네가 집을 나갔다는 사실을 알고 처음에는 몹시 화가 많이 났어. 최근 들어서 집을 나가는 일이 잦았잖아, 그렇지?"

"그랬어?"라고 켄타가 소리 없이 입 모양만으로 코하루에게 물었지만 무시당하고 말았다.

"그런데 아침이 되도록 돌아오지 않아서 얼마나 찾았는지 몰라. 납치라도 당했으면 어쩌나 하는 생각에 경찰서로 가려던 참이었어."

울먹이는 어머님의 목소리에 코하루는 눈을 내리뜨며 입술을 깨물었다.

"할머니한테는 조금 전에 전화를 받았어. 네가 아오모리로 가고 있다는 말을 들었을 때, 화를 내고 싶은 마음은 어디론가 사라지고 진심으로 마음이 놓이더라. 그런데 나

도 참 바보 같지, 히로코 씨가 기껏 전화를 해주셨는데도
… 또 화를 내고 말았네. 항상 그래. 왜 자꾸만 화를 내게
되는 건지, 엄마도 잘 모르겠어."

어머님은 코를 훌쩍거리시더니 "미안해."라고 사과의
말을 전했다.

"코하루는 관계없다고 말했지만… 다시 생각해보니,
역시 엄마가 지나치게 신경을 쓰고 있었던 걸지도 모르겠
어. 진짜 부모와 자식이라고 생각하고 있으면서도, 마음
속 어딘가에서는 내가 정신을 차리고 제대로 가르쳐야겠
다는 생각에… 네 마음도 헤아리지 않고… 정말 미안해."

코하루의 눈에 눈물이 고이는가 싶더니 소리 없이 뺨
을 타고 흘러내렸다.

"엄마와 이야기하고 싶지 않다고 해도 어쩔 수 없지만
앞으로 엄마도 '완벽한 엄마'에 집착하지 않고 코하루가
안심할 수 있도록 노력할게. 그러니 할머니 집에 도착하고
나면 다시 집으로 돌아와줬으면 좋겠어. 부탁이야……."

"엄마!"

코하루가 참지 못하고 소리쳤다.

"코하루! 정말 다행이야. 어디 아픈 곳은 없는 거지?"

"엄… 엄마, 나, 난……."

히로코는 몸을 웅크린 채 울고 있는 코하루를 안아주었다.

"천천히, 전하고 싶었던 말을 해보자."

"나… 무서웠어. 계속……."

코하루가 흐느끼며 말하기 시작했다.

"엄마가 화를 낼 때마다 그 전화가 떠올랐어… 내가 엄마의 진짜 딸이 아니라서 화를 내는 게 분명하다고. 하지만 그런 말은 할 수 없었어. 난 엄마가 너무 좋은데, 또다시 버림받으면 어떡하지? 그런 생각이 들어서… 그렇게 되기 전에 스스로 집을 나가야겠다는 생각이 들어서……."

결국 말을 잇지 못하고 우는 코하루. 히로코도 그 곁에서 눈물을 흘리고 있었다.

불안이 불안을 불러일으켜 거대한 산이 되었고, 더 이상 감당할 수 없어져서 스스로를 파괴하려고 했던 것이다. 강한 척하고 쌀쌀맞던 모습도, 자신을 보호하기 위해 억지로 꾸며낸 거였다.

"버려지더라도 상관없어. 지금이라면 말해줘도 받아들일 수 있어. 나, 할머니랑 같이 살아도 괜찮으니까… 그걸로 충분하니까!"

코하루의 외침은 자신을 지키기 위한 마지막 저항처럼

느껴졌다.

"바보 같은! 무슨 그런 말을 해!"

화를 내며 소리치는 켄타의 입을 급하게 틀어막았다.

"코하루, 아니지? 진심이 아니라는 거 알아."

눈물에 얼룩진 얼굴로 나를 바라보던 코하루는, 히로코의 몸을 밀어내더니 양손으로 얼굴을 감쌌다. 그녀는 자신이 어떻게 할 수 없는 상황 속에서 끊임없이 고통받고 있었던 것이다.

"코하루."

휴대폰 너머로 침착한 목소리가 들려왔다. 폭풍우가 휘몰아치는 가운데 갑자기 찬란한 빛이 드리워지듯… 모두가 깜짝 놀라 소리가 난 곳으로 고개를 돌렸다.

"엄마는 있지, 코하루가 처음으로 '엄마'라고 불러주었던 날을 아직도 기억하고 있어. 정말로 기뻤거든. 혈연인지 아닌지는 중요한 게 아니라고 진심으로 그렇게 느낄 수 있었어."

정말 다정한 목소리였다. 누군가를 사랑하는 마음이 말로 오롯하게 표현된다면 바로 이런 목소리일 것 같았다.

"하지만 바보 같이… 한편으로는 '진짜 엄마가 되고 싶다'고 끊임없이 바라고 있었어. 그래서 너에게 엄격하게 대하고 말았던 거야……. 하지만 포기하지 않아. 엄마가, 노력할 테니까 그러니까… 엄마를 용서할 수 있게 되면 돌아와줘."

어머님은 울고 있는 듯했고 코하루와 히로코도 눈물을 뚝뚝 흘리고 있었다. 그리고… 고개를 돌려 오른쪽을 바라보니 웬걸, 켄타까지 엉엉 울고 있는 것이 아닌가!

"어머님."

히로코가 입을 열었다.

"괜찮을 거예요. 코하루 씨는 이미 어머님을 용서했어요."

"그런가요……."

"제가 아오모리에 내려서 코하루 씨를 데리고 할머니 댁까지 다녀올 테니 걱정하지 마세요."

처음 듣는 계획에 모두 눈을 동그랗게 뜬 채로 굳어버렸다.

"내일이 되면 반드시 코하루 씨를 집으로 보내드릴게요. 코하루 씨, 괜찮죠?"

코하루가 고개를 끄덕이는 것을 보자 마음이 한층 가벼워졌다.

"엄마, 난 아직 사과하지 않을 거야."

"그래, 그렇게 하렴."

"또 가출할지도 몰라."

"돌아와주기만 하면 돼. 엄마는 기다리고 있을게."

이젠 괜찮을 거다. 히로코도 그렇게 생각했는지 가슴을 쓸어내리고 있었다.

"어머님, 그럼 저는 이만… 밤늦게 실례가 많았습니다."

"감사드려요. 정말로… 진심으로 감사하고 있어요. 코하루, 따뜻하게 입고 자렴."

"응."

코하루의 태도는 무뚝뚝했지만 목소리만큼은 부드러웠다.

"굿나잇."

"잘 자렴."

코하루가 휴대폰을 손에 들더니 통화를 끊었고, 그와 동시에 "감동이야!"라고 우렁차게 소리치는 켄타의 목소리가 들려왔다.

"정말이지, 최고의 화해였어! 너무 감동해서 눈물이 멈추지를 않는다니까."

켄타가 눈에 손수건을 가져다 대는 동안 나도 눈가의 눈물을 닦았다.

"코하루, 정말 다행이야."

진심이었다. '서로에게 전화하기' 계획은 대성공인 듯했다.

"히로코, 고마워."

소매로 눈물을 닦아내는 코하루의 얼굴에 마침내 웃음꽃이 피어났다.

"저야말로 고마워요. 이걸로 빚은 갚은 거예요."

"진짜로 할머니 집까지 데려다줄 거야?"

"물론이죠. 그 대신, 할머니 댁에서 묵을 수 있게 해주세요. 아무리 그래도, 밤늦게 호텔을 찾아 헤맬 순 없잖아요."

"오케이!"

코하루는 그렇게 대답하더니, 배가 고팠는지 다시 과자를 뒤적거리기 시작했다.

"이쪽이 역대 1위일지도."

그런 말을 하면서 아직도 눈물을 훔치고 있는 켄타에게 내가 질문했다.

"있지, 켄타. 아오모리에는 몇 시쯤 도착해?"

"앞으로 한 시간 정도 남았으려나?"

"그렇구나… 뭔가 시간이 순식간에 지나간 것 같네."

과자를 나누어 먹는 두 사람을 바라보았다. 처음 열차에 올라탔을 때와는 분위기가 많이 달라 보였다. 아마도 짊어지고 있던 무거운 짐을 내려놓았기 때문일지도 모르 겠다. 나도 그렇게 되고 싶다는 생각이 들어 어쩐지 부러 워지고 말았다.

나는 과연 어떤 상황을 마주하여 나의 짐을 내려놓게 될까. 삿포로에 도착했다는 이야기를 듣고 기뻐해줄 카이 토의 모습은 도저히 상상되지 않았다. 그를 곤란하게 만 들 뿐이겠지.

"코토하는 삿포로까지 가는 거죠?"

히로코가 문득 생각이 났다는 듯이 내게 물어왔다.

"그럴 생각이야. 그런데 이렇게 두 사람을 보고 있으 니, 어쩐지 반대로 마음이 무거워지네."

그게 나의 솔직한 심정이었다. 어쩌면 더 무거운 짐을 짊어진 채로 혼자 돌아가야 할지도 모르는 일이었다. 고 베로 되돌아가는 심야 특급열차에는 나 홀로 타야 할지도 모르고, 프로젝션 매핑을 함께 볼 수 없을지도 모른다.

이토록 많은 '만약'이 전부 부정적인 것뿐이라니.

"남자친구를 만나면 뭐라고 할 거야?"

코하루가 기지개를 켜며 물었다.

"아무 말도 못할 것 같아……. 목적지에 점점 가까워지 면 가까워질수록, 내가 지금 말도 안 되는 짓을 하고 있는 건 아닌지 생각하게 돼. 만나지 않는 편이 더 좋을 것 같기도 하고."

"이것 봐, 또 나약한 소리 하지!"

켄타가 기가 막히다는 표정을 지으며 내 오른팔을 찰싹 때렸다.

"아얏."

조금도 아프지 않았지만 얼굴을 찌푸리며 엄살을 부렸다. 나와 카이토는 가족 문제가 아니라서 내 앞에 있는 두 사람처럼 상황이 해결되지는 않을 것이다. 만나러 가겠다는 나의 의지는 시간이 지날수록 점점 약해져만 갔다.

"만나면 알게 될 거야. 지금은 생각해봐도 소용없다구. 그때 그 순간이 오면 내가 어떻게 하고 싶은지 명확하게 보일 테니까."

"눈앞에 보이는 거야?"

코하루가 천진난만하게 고개를 갸우뚱거렸다.

"비유를 든 거지. 그때가 오면 본인의 진심을 알게 될 거라는 뜻이잖아. 내가 못 살아, 진짜. 가끔은 책도 좀 읽으라구."

"책이랑은 상관없잖아!"

코하루가 항변하자 켄타는 한숨으로 맞받아치며 말

했다.

"당연히 상관이 있지. 책을 읽으면 다양한 표현과 단어를 배울 수 있고, 말솜씨를 기를 수 있다구. 요즘 애들은 휴대폰으로 게임만 하잖아? 이러니 국어가 서투를 수밖에 없지. 개탄스럽다니까, 정말."

"맞아요. 저도 들어본 것 같아요."

히로코가 맞장구를 쳤다.

"메신저 앱을 통해서 문자만 보내지, 따로 글을 쓰지는 않아서 한자를 읽을 수는 있어도 쓸 줄은 모르는 아이들이 많다고 하더라구요."

"맞아, 음악을 들을 때도 똑같은 상황이 일어나고 있다니까."

"음악?"

국어와 음악 사이에 어떤 연관성이 있는지 잘 이해가 되지 않았다.

"옛날에는 CD 앨범을 구입하면 제일 먼저 가사를 천천히 읽어보고는 했거든. 가사를 읽는 것만으로도 세계관에 몰입하거나 감동할 수 있었다구. 그런데 지금은 대부분 스트리밍으로 음악을 듣잖아? 그럼 가사를 읽기도 전에 재생 버튼을 누르게 되니까, 가사보다 리듬 중심으로 바뀐 거야."

"가사만 읽다니. 으, 끔찍해."

코하루가 혀를 내밀며 이상한 표정을 지었다.

"끔찍하지 않네요. 코하루도 책이나 가사를 읽으란 말이야. 요즘에는 전자책도 많이 있잖아?"

켄타도 질세라 혀를 내밀고 있었다. 가만 보면 이 두 사람은 하는 짓이 똑 닮았다.

"있지 켄타, 꼭 현대사회를 비관하는 할아버지 같아!"

"뭐얏!"

켄타가 소리치는 것을 보며 나도 모르게 웃고 말았다. 주위를 둘러보니 코하루와 히로코, 그리고 당사자인 켄타도 웃고 있었다. 어쩐지 기분이 참 좋았다.

잠시 후 모두가 잠잠해지자, 히로코가 내게로 시선을 돌렸다.

"벌써 아오모리네요. 눈 깜짝할 사이에 도착한 것 같아요. 제가 하코다테까지 가기 전에 되돌아갈 길이 생겨서 다행이에요."

"응. 나도 정말 기뻐."

진심이었다. 분명 앞으로도 고민해야 할 순간이 찾아오겠지만, 지금의 히로코라면 잘 이겨낼 수 있을 것 같다는 생각이 들었다. 그건 코하루도 마찬가지일 것이다.

"코토하의 문제도 잘 해결되면 좋겠어요."

"고마워. 어떻게 될지 모르겠지만, 히로코와 코하루 덕분에 힘과 용기를 얻을 수 있었어."

켄타가 몇 시간 만에 다시 전자 담배의 스위치를 켰다.

"아오모리역에서 내리면 바로 택시를 타야 해. 야심한 밤이라 위험하니까, 알았지? 꼭이야!"

"넵."

켄타는 코하루가 오른손을 들어 대답하는 것을 확인하더니, 지갑에서 무언가를 꺼내 히로코와 코하루에게 건넸다. 그것은 플라스틱으로 만들어진 얇은 명함이었는데, 선명한 무지개 색의 디자인이 인상적이었다. '켄타'라고 쓰인 이름 아래로 그의 휴대폰 번호와 이메일 주소, SNS 계정이 적혀 있었다.

"할머니 댁에 무사히 도착하면 전화나 문자, 뭐든지 좋으니까 연락 좀 해줘. 뭐, 그 이후에도 고민거리가 있으면 언제든 연락해도 상관없어."

약간 부끄러워하며 말하는 켄타가 믿음직스러웠다. 생각해보니 애초에 켄타가 우리에게 각자의 고민을 털어놓으라고 하지 않았다면 아무것도 바뀌지 않았을 테니까 말이다.

"이 명함 진짜 디자인 구리네, 완전 할아버지 같아."

코하루가 명함을 찬찬히 살피며 중얼거렸다.

"진짜 너어어어!"

그런 코하루에게 으르렁거리는 켄타. 모두에게서 다시 한번 크게 웃음꽃이 피어났다.

* * *

화장실에 가기 위해 방을 나온 나는 그대로 옆 칸으로 향했다. 열차의 연결 통로는 난방이 되지 않아 엄청난 추위에 눈이 번쩍 뜨였다. 덕분에 내가 북쪽으로 향하고 있다는 사실을 다시금 깨달았다.

식당 칸 맞은편에 위치한 이 차량은, 화장실 외에도 간단한 라운지 같은 공간이 만들어져 있었다. 창문을 따라 놓인 소파가 보였다. 바깥 풍경을 볼 수 있도록 배치된 듯했다.

창문에 가볍게 손을 대고서 하늘을 올려다보았다. 조명이 어두운 덕분인지, 수많은 별이 보였다. 별이 가득한 하늘 아래 북상하는 심야 특급열차에 신비로운 힘이 깃든 것 같았다. 히로코와 코하루의 고민이 가벼워져서 정말 다행이라는 생각이 들었다.

화장실을 다녀온 뒤, 아오모리까지 아직 시간이 남아 있는 걸 확인하고서 소파에 앉았다.

휴대폰을 꺼내서 메신저 앱을 열었다. 여태껏 카이토에게 전화나 문자를 남기지 못했는데… 그렇다고 이 시간에 문자를 보내면 화를 내겠지. 그렇게 생각하다가 문득 깨달았다.

나는 최근 들어 카이토를 화나게 만들지 않겠다는 생각만 끊임없이 하고 있었다. 카이토는 예전과 달리 사소한 일에도 기분이 틀어지기 일쑤였고, 나는 카이토의 기분이 상하지 않도록 최대한 조심할 뿐이었다.

―그런 건 사랑이 아니야.

머릿속에 문득 떠오른 그 말을 부정했다.

히로코와 코하루를 보면서 느꼈다. 관계의 원인은 서로에게 있다. 나도 모르는 사이에 카이토를 탓하게 됐던 걸지도 모른다. 그를 사랑하는 마음은 변하지 않았는데 '기리' 때문에 불안감만 커져버린 걸 수도 있다.

믿고 싶다. 나와 카이토의 사이에는 아직 사랑이 남아 있을 거라고, 그도 나를 계속 생각하고 있을 거라고. 그렇게 믿고 싶었지만… 믿을 수가 없었다. 하지만 내일이 오면 답을 내려야만 한다.

"손님."

누군가 갑자기 말을 걸어와서 놀란 나머지 "힉!" 하고 소리를 지르고 말았다. 뒤를 돌아보니 낯선 남자가 서 있었다. 몇 초가 지난 뒤에야 탑승 티켓을 확인해주던 차장님이라는 것을 기억해냈다.

"놀라게 해서 죄송합니다."

차장님이 머리를 숙이는 바람에 나도 벌떡 일어나 고개를 숙였다.

"저야말로 죄송해요. 잠깐 생각에 잠기는 바람에……."

"그러셨군요. 잠시 뒤면 이 라운지의 조명이 어두워질 예정이라, 알려드리는 편이 좋을 것 같았습니다."

"그렇군요, 돌아가야겠네요."

"아직 10분 정도 남아있으니 편하게 계셔도 좋습니다."

"아네요, 괜찮아요."

"그렇군요."

차장님이 미소를 지으며 상냥하게 말했다.

"차장님은 밤새 일하시는 건가요?"

불현듯 궁금해져서 질문했다.

"아니요, 다음 역인 아오모리에서 운전사와 차장 두 명 다 교대할 예정입니다."

"그렇군요. 수고 많으셨습니다."

"저희 심야 특급열차를 타고 떠나는 여행은 어떠신가 요?"

차장님은 그렇게 말하며 모자를 벗었다. 웃을 때 얼굴에 깊은 주름이 생겨서 생각보다 나이가 많아 보였다. 표준어로 말하고 있었지만 말끝에 사투리가 살짝 묻어났다.

"처음 이용하는 거지만 무척 쾌적하고 편안해요. 게다가 같은 방을 쓴 분들도 정말 좋으신 분들이었고요. 운이 좋았어요."

"아, 그때……."

차장님이 빙그레 미소를 지었다. 아마도 식당 칸을 예약했을 때의 일을 떠올리고 있는 모양이었다.

"도착할 때까지 즐겁게 보내시길 바랍니다."

그는 다시 한번 머리를 숙이더니 군더더기 없이 매끄러운 동작으로 문을 열어주었다. 나는 감사의 인사를 전하고 방으로 향했다.

이상한 기분이었다. 잠을 많이 잔 다음 날처럼 머리가 맑아져 있었다.

카이토를 만나러 가기 위해 탄 심야 특급열차. 삿포로에 도착하면 어떻게 해야 할지, 조금씩 방향이 보이기 시작했다.

하지만 아직은 결론을 내리고 싶지 않았다.

삿포로역에 도착하기 전까지 내 나름대로의 답이 나올 테니까.

꼭, 반드시.

제6장

북위 40도
푸른 빛 속에서

문이 열리는 순간, 맹렬한 추위가 한꺼번에 차량 내부로 밀려들어왔다. 순식간에 온기가 사라지면서 졸음도 어디론가 같이 사라져버렸다.

"으악! 추위 죽겠어!"

코하루가 비명을 지르며 열차에서 내렸다.

"넘어지지 않게 조심해요."

히로코가 다정하게 말하며 코하루의 뒤를 따랐다. 열차는 아오모리역에서 선두 차량을 교체하기 위해 10분 정도 정차할 예정인 듯했다.

캄캄한 플랫폼에 백색의 형광등이 드문드문 켜져 있었

다. 그 풍경을 바라보고 있자니 무척이나 환상적으로 느껴졌다.

우리는 곧 찾아올 이별을 애써 외면하듯, 일부러 실없는 이야기를 나누며 플랫폼에 내려섰다. 깊은 밤인데도 불구하고 차량 교체 작업을 구경하러 나온 승객들이 듬성듬성 흩어져 플랫폼 위를 걷고 있었다.

조금 전까지 보였던 별들은 다 어디로 갔는지, 눈을 씻고 찾아봐도 보이지 않았다. 하늘이 흐린 탓일까. 칠흑같이 어두운 세상 속에 이 역만이 공중에 떠 있는 듯했다.

"이곳이 아오모리……."

"나도 진짜 오랜만이야!"

기운을 완전히 되찾은 코하루의 목소리가 플랫폼에 메아리쳤다.

"시간이 너무 늦어서 택시를 잡을 수 있으려나 모르겠네요."

그렇게 말하는 히로코도 표정이 밝았다. 켄타는 자판기에서 따뜻한 음료수를 사와 모두에게 나눠줬다.

"작별 선물이야."

시간이 얼마 지나지 않은 것 같았는데 출발을 알리는 안내 방송이 들려왔다. 승객들은 하나둘씩 각자의 차량으로 돌아갔다.

"정말 고마워요."

히로코가 깊게 고개를 숙여 인사했다.

"켄타, 코토하, 또 만나!"

코하루는 기운 넘치게 손을 흔들었다.

"두 사람 모두 조심히 가. 나한테도 연락해줘야 해!"

실은 나도 모두와 연락처를 교환해뒀다.

"나가자마자 바로 택시 타야 해. 모르는 사람이 말 걸
어도 따라가면 안 되는 거 알지?"

켄타가 엄마처럼 걱정스러운 투로 말했다.

"히로코도 같이 있으니까 걱정하지 마."

코하루는 고분고분하게 고개를 끄덕이며 대답했다.

"날도 추운데 어서 안으로 들어가세요. 코하루, 우리도
갈까?"

히로코의 말과 함께 안내 방송이 재차 흘러나오고 작
게 종소리가 울렸다.

켄타를 따라 계단을 올라서며 뒤를 돌아보았다. 아…
정말로 이별이구나…….

"안녕."

그때, 코하루가 "또 만나!"라고 한 번 더 외치며 크게

손을 흔들었다.

확실히 훨씬 더 와닿는 말이었다. 나도 이 두 사람과 다시 만나고 싶었다.

"또 만나."

되뇌듯이 말하자 코하루는 환한 미소로 대답해주었다. 켄타는 말없이 손을 흔들며 손수건으로 눈가를 훔치고 있었다. 아까부터 느꼈지만 켄타는 취하면 우는 버릇이 있는 것 같다. 하기야 맥주를 그렇게 많이 마셨으니 어쩔 수 없는 노릇일지도.

열차의 문이 닫히고 잠깐 덜컹거리는가 싶더니, 이윽고 앞으로 나아가기 시작했다. 열차는 걸어가는 두 사람을 앞질러 어둠 속으로 스멀스멀 미끄러져 들어갔다.

안녕, 언젠가 다시, 또 만나자.

"어머, 너무 춥다. 빨리 방으로 돌아가자."

'감상에 젖어 있는 건 여기까지.'라고 말하듯, 켄타가 나를 재촉했다.

"어쩐지 조금 쓸쓸하네."

"그러게."

부정할 거라 생각했는데, 앞서 걸어가던 켄타는 의외로 고개를 끄덕이고 있었다.

"다시 만날 수 있을까?"

"그건 네 선택에 따라 다르지 않을까?"

나를 돌아보는 켄타의 눈이 붉어져 있었다.

"내 문제인 거야?"

"여행은 일기일회'라고 하잖아? 두 번 다시 만나지 못할지도 모르니까 그 순간을 소중히 여기는 거야. 하지만 인연이라는 건, 결국에는 스스로 선택하는 거라고 생각해."

"선택……."

"그래. 진심으로 다시 만나고 싶다면 행동으로 옮겨야해. 그저 가만히 기다리기만 해서는 만날 수 없어. 엄청난 우연이라도 생기지 않는 이상은 말이야."

"지금 그 말, 나랑 카이토를 두고 하는 말이야?"

나의 소극적인 사랑을 염두에 둔 말처럼 느껴졌다. 켄타는 다시 통로를 걸어가면서 "피해망상." 하고 대답했다.

"하지만 누구에게나 해당하는 말일 거야. 학교나 직장처럼 공적인 장소를 제외하고, 다른 곳에서 만난 인연은 전부 포함되겠지. '인연'이 관계의 버팀목이 되어준다고 착각하기 쉽지만 결국 그건 스스로 선택한 거야. 진심으

---

* 일생에 단 한 번뿐인 기회를 뜻하는 말이다.

로 이해하고 싶은 사람을 만난다면 누가 시키지 않아도 본능적으로 행동할 거라고 생각하거든. 너만 봐도 그래, 이렇게 행동으로 옮겼잖아?"

객실 문 앞에 다다랐지만 추위는 여전히 우리 곁을 맴돌고 있었다. 얼어붙은 손으로 열쇠를 찾고 있는데, 복도 저편에서 누군가 걸어오는 게 보였다. 빨간 털모자와 빨간 코트를 입은 그는, 산타클로스 그 자체였다. 나도 모르게 열쇠를 놓칠 뻔했다. 그는 일흔 언저리의 남성으로 보였고 키가 무척 컸다.

"미안하지만 이것 좀 가르쳐줄 수 있겠소?"

생각보다 힘찬 목소리였다.

"여기 몇 호차라고 적혀 있는게요? 눈이 침침해서 잘 보이지가 않구먼."

"제가 봐 드릴게요."

켄타는 할아버지가 내어준 표를 들여다보았다. '6호차 7번'이라고 적혀 있었다. 표에 적힌 글자가 상당히 작긴 했다.

"음… 어떻게 봐도 우리랑 같은 방인데…….."

켄타가 불만스러운 목소리로 중얼거렸다.

"잘됐네요. 이 방인 것 같아요."

내가 켄타의 말을 끊으며 대답했다. 할아버지는 "오오." 하고 주름진 눈을 크게 뜨며 기쁘다는 듯이 모자를 벗었다. 풍성한 흰머리를 뒤로 넘긴 모습이 근사해 보였다. 모자가 없으니 빨간 코트마저도 세련되게 느껴졌다.

"이 방이군, 정말 다행이야. 얼마나 헤맸는지… 치매 노인이라고 생각하겠어."

할아버지는 호탕하게 으하하핫, 하고 크게 소리 내어 웃었다.

"…못 웃겠는데."

중얼거리는 켄타의 배를 팔꿈치로 찌르고 할아버지를 방으로 안내했다. 할아버지의 뒤를 따라 들어가려는 찰나, 켄타가 내 팔을 붙잡았다.

"뭐야 진짜아… 왜 이번에는 여자랑 노인만 타는 건데?"

"쉿, 들리잖아! 그렇게나 꿈에 그리던 남자인데 뭘 그래?"

할아버지는 방을 살펴보다가, "침대는 어디를 쓰면 좋을지?" 하고 물어왔다. 양쪽 침대의 1층에는 물건이 놓여 있었다. 나는 내 신발을 치우며 대답했다.

"아래쪽 침대가 좋으시죠? 괜찮으시면 여길 쓰세요."

"이것 참 미안하구먼. 사다리는 무서워서 말이야."

영차, 하고 커다란 가방을 내려놓은 할아버지는 자연스럽게 소파로 가서 앉았다. 조금 전까지 히로코와 코하루가 앉아 있던 자리였다.

내가 그 맞은편에 자리를 잡자, 켄타도 마지못해 내 옆에 앉았다.

"안녕하세요, 저는 코토하라고 해요. 잘 부탁드리겠습니다."

고개를 숙이며 인사했다.

"미나미야마 타카오라고 한다네. 아무쪼록 잘 부탁해요."

그는 나보다 더 깊게 고개를 숙이며 인사해주었다.

"여기서는 편하게 이름으로 부르……."

켄타가 매번 그랬듯이 규칙을 설명하려고 했는데, 타카오 씨가 그런 켄타의 말을 자르며 "그건 그렇고" 하고 말을 이어갔다.

"이번에는 꽤나 젊은 분들과 함께 타게 되었구먼. 커플이신가?"

"아니요, 우연히 함께 탑승한 사이일 뿐이에요."

타카오 씨는 쓴웃음을 지어 보이는 내게 "그렇구먼." 하고 만족스럽게 고개를 끄덕였다.

"있잖아. 여기서는 서로를." 하고 켄타가 몸을 내밀었다.

"그러고 보니, 코토하 씨라고 했나? 목적지가…?"

"삿포로까지 가요."

새빨개진 얼굴로 입을 벌린 채 굳어 있는 켄타의 모습을 보니 웃음이 터질 뻔했다. 켄타가 페이스를 잃어버리다니, 이 얼마나 재미있는 일인가.

"삿포로… 가본 지가 벌써 몇 년 전인지…….."

"이쪽은 켄타라고 해요."

어쩔 수 없이 내가 대신 소개하기로 했다.

"좋은 이름이구먼."

"감사합니다."

언짢다는 듯이 아랫입술을 내밀었던 켄타도 가볍게 머리를 숙였다. 가만 보면 켄타도 표정이나 태도에 감정이 쉽게 드러나는 편인 것 같다.

"놀라실지도 모르지만."

나는 놀랄 수도 있다고 미리 말한 뒤에 규칙을 설명하기 시작했다. 켄타가 이 이상 심통을 부리면 곤란해지는 사람은 나였으니까.

"이 방에는 저희끼리 정한 규칙이 있어요. 서로를 편하게 이름으로 부르자는 규칙이죠. 물론 타카오 씨는 예외지만, 저희 둘은 편하게 부를 테니 신경 쓰지 않으셔도 돼요."

"오호. 그거 재미있겠구먼. 처음 만나는 사람을 이름으로 부르는 것이 흔한 일은 아니지."

진심으로 흥미롭다는 듯이 말한 타카오 씨는, 턱에 엄지와 검지를 가져다 대었다.

"그렇다면, 나도 참가하지."

"농담이죠? 말도 안 돼. 노인에게 그럴 수는 없죠."

켄타가 아무렇지도 않게 무례한 말을 뱉었지만, 타카오 씨는 괜찮다는 듯이 소리 내어 웃었다.

"코토하와 켄타라고 했나? 날 그냥 타카오라고 불러주게. 어차피 우주의 역사에 비하면 우리들의 나이 차이 정도는 동년배나 다름없지 않겠나. 상관없다네. 편하게 불러주게."

숨죽이며 켄타를 바라보았다. 켄타는 나의 시선을 눈치챘으면서도 시치미를 떼며 히죽거리고 있었다.

"타카오가 그렇게 말하는데 괜찮지 않을까?"

"앗, 벌써 생략하는 거야?"

"이름으로 불리는 건 오랜만이라 오히려 상쾌할 정도구먼."

타카오 씨는 기분이 매우 좋았는지 큰 소리로 웃고 있었다.

"좋아, 그럼 이제 결정된 거지? 다행이야, 이 규칙을 따라주는 사람이어서. 보통 노인들은 고집이 세잖아? 실은 내가 나이 많은 사람들이랑 잘 맞지 않는 편이라 걱정했는데 마음이 편해졌다구."

드디어 페이스를 회복했는지, 켄타가 수다스러워졌다.

"켄타는 흔히들 말하는 '레이디 보이'인가? 이것 참, 여행담으로 딱 좋겠구먼."

"엑, 그게 뭐야! 들어본 적도 없는 말인데? 그거 옛날 말 아니야?"

켄타가 핀잔을 줬지만 타카오 씨는 신경도 쓰지 않으며 갈라진 목소리로 웃고 있을 뿐이었다.

"그럴지도 모르겠구먼. 이것 참, 당시에는 최신 유행어였는데 말이야."

코끝을 긁적이는 타카오 씨를 보고 있자니 위화감이 들었다.

"저… 실례지만, 타카오 씨는 아오모리에 살고 계신가요?"

"그렇다네."

내가 느낀 위화감의 정체를 알고 있는 것처럼, 타카오 씨는 태연한 표정을 짓고 있었다.

"무슨 말이야? 그게 왜 실례인 건데?"

나는 타카오 씨를 보면서 켄타의 질문에 대답했다.

"그게… 도호쿠 지역 방언이라고 해야 할까, 특유의 억양이 전혀 느껴지지 않아서 말이야."

"명답이구먼. 내 고향은 아오모리가 맞지만, 오랜 기간 동안 도쿄에서 직장 생활을 했다네. 그래서 그런지, 나도 이 지역 사투리는 잘 모르는 편이야. 아오모리에는 '쓰가루' 사투리 외에도 '남부'나 '시모키타' 사투리 등 여러 방언이 있어서 아주 까다롭단 말이지."

확실히 아오모리 지역의 방언은 알아듣기 어렵다고 했다. 물론 그것도 방송 매체를 통해 얻은 정보에 불과했지만.

"타, 타카오는, 어디까지 가시는 건가요?"

어르신의 이름을 편하게 부르자니 아무래도 주저하게 되었다.

"하코다테까지 간다네. 한 정거장 뒤에 내린다는 소리지."

"한 정거장이요?"

내가 켄타에게로 시선을 돌리자 켄타는 어이없다는 듯한 표정으로 입을 열었다.

"지금이 아오모리잖아? 이제부터 세이칸 터널을 지나

가게 될 거야. 아오모리와 홋카이도를 연결하는 해저 터널인데, 딱 한 정거장이라지만 다섯 시간이나 걸린다구."

타카오 씨가 미소를 짓자 얼굴 전체의 주름들이 크게 움직였다.

"이 열차를 타고 하코다테로 가는 것이 월례 행사가 되었다네."

"그러시군요."

가슴이 쿵, 하고 내려앉았다. 이 터널을 지나면 마침내 홋카이도에 도착할 것이다. 그 사실이 고통스럽게 느껴졌다.

지금쯤… 카이토는 잠에 빠져 있겠지? 내가 찾아가고 있을 거라고는 꿈에도 생각하지 못할 텐데.

나의 감정이 자꾸 덧칠되듯 바뀌었다. 켄타와 모두를 만났기 때문인 걸까? 아니면, 이 심야 특급열차에 그런 힘이 깃들어 있기라도 한 걸까?

이유가 무엇이든, 카이토를 만나기 전까지 내 감정을 확실히 해두어야겠다…….

"타카오는 나이가 어떻게 돼?"

켄타의 질문에 고개를 들었다가 타카오 씨와 눈이 마주쳤다. 어쩐지 내 속을 꿰뚫어보고 있는 것만 같았다. 이런 생각이 드는 건 내 소심한 성격 탓이겠지.

타카오 씨는 크흠, 하고 기침을 한 뒤에 가슴을 폈다.

"곧 여든이 되네."

"네에?"

예상을 뛰어넘는 연세에 나도 모르게 소리를 지르고 말았다. 새빨간 코디에 현혹되었던 것이 틀림없었다.

"굉장히 건강해 보이세요."

솔직하게 말했다. 그러자 타카오 씨는 눈살을 찌푸리며 나를 바라봤다.

"여든 살이라고 해도 아직 젊다고 생각한다오. 아가씨… 아니, 코토하 입장에서 보면 할아버지일지 몰라도, 나보다 훨씬 건강하지만 나이는 아흔이거나 그 이상인 분들도 계시다네."

"죄송합니다."

틀에 박힌 나의 사고방식에 부끄러움을 느꼈다.

"음… 그렇긴 하지만, 올해 추위에는 애를 먹었지."

타카오 씨의 어조가 밝게 바뀌어서 다행이었다.

"아까 여행담이라고 하셨죠? 누구를 만나러 가시는 건가요?"

"그러게! 아까 월례 행사라고 했던 것 같은데. 그렇게

나 자주 하코다테에 가는 거야?"

옆에서 켄타가 '짝' 하고 손뼉을 마주치며 말했다.

"그러는 두 사람은 무얼 하러 어디까지 가시나? 내 대답은 그걸 듣고 나서 해도 되겠지?"

그러고 보니 우리는 자신의 이야기를 꺼내지도 않은 채로 타카오 씨에게 질문만 하고 있었다.

"나는 남자친구를 만나러 가는 거야. 얼마나 다정한지 모른다구. 아무래도 장거리 연애라서 힘들긴 하지만, 사랑 앞에서 거리는 상관이 없잖아? 난 사랑의 힘으로 살아갈 거야!"

길거리 연설이라도 하는 것처럼 목소리 높여 선언하던 켄타는 이어서 나를 가리켰다.

"코토하도 나처럼 남자친구를 만나러 가는 중인데 나랑은 다르게 거리로 인해 무너진 사례라고 할까."

"잠깐, 너무 무례한 거 아니야? 나도 행복하다고."

"그래? 아무리 봐도 새카만 아우라를 풍기고 있는 것처럼 보이는데."

정말이지 켄타라는 인간은, 화를 돋우는 능력만큼은 타의 추종을 불허했다. 상대방이 싫어할 것 같은 포인트를 정확하게 찌른다고 해야 할까.

"그런 거 아니야. 나는 그와의 인연이 더 깊어지게 만들기 위해 만나러 가는 거라구!"

정색하며 말할 필요는 없었지만, 부아가 치밀었다. 방금 한 말은 소망에 가깝긴 하지만.

타카오 씨는 눈을 동그랗게 뜨고서 날 바라보았다.

"코토하는 참 강하구나."

"네? 제가요?"

뭐가 강하다는 거지? 마음이 약해서 삿포로로 향하는 건데.

"요즘 젊은 세대들은 대체로 수동적인 경향이 있다고 생각했는데, 이것 참… 대단한 행동력이구먼."

"…하지만, 충동적으로 열차에 올라탄 거나 마찬가지예요."

솔직하게 말했다. 약하기 때문에 더더욱 공격적으로 구는 셈이었다. '패배자의 절규'라고 해야 할까. 아니, 절규라도 하면 다행이었다. 나는 어쩌면 이해심이 깊은 사람인 척 연기하면서, 그에게 미움받지 않으려고 했던 것일지도 모르겠다.

"자신의 감정에 따라 솔직하게 행동할 수 있다니, 정말 훌륭하지 않은가. 생각한 것을 행동으로 옮기려면 그에

상응하는 각오와 용기가 필요할 터인데…….”

그렇게 말하며 미소를 짓는 타카오 씨는, 마치 나의 친할아버지 같았다.

“확실히 행동력 하나는 대단하지.”

켄타가 약간 분하다는 듯이 말했다.

“왠지 켄타가 말하면 비꼬는 것처럼 들린단 말이지.”

“모처럼 칭찬해준 건데 솔직하게 기뻐하라구.”

그 말을 들은 타카오 씨가 아하하, 하고 웃으며 몸을 흔들었다.

문득 창밖으로 시선을 던지니 방금 전까지 새카맣던 풍경이 푸르스름하게 바뀌어 있었다. 연한 푸른빛이 반짝였다.

나의 시선을 눈치챈 타카오 씨가 고개를 돌려 창문 밖을 바라보았다.

“세이칸 터널에 들어온 모양이군.”

“해저를 달리고 있다니, 정말 신기해요.”

이 바다를 건너면 홋카이도에 들어설 것이다. 아침이 오면 나의 고향이자 카이토가 살고 있는 삿포로에 도착하게 되겠지.

나는… 어떻게 해야 할까. 이렇게나 긴 여정을 거쳤는

데도 여전히 명확한 답을 내릴 수가 없었다.

정답의 윤곽이 희미하게 그려지긴 했지만, 나는 그조차 보려고 하질 않았다. 역시 겁쟁이인가 보다.

"이제 슬슬 타카오 얘기도 좀 해줘."

내 고민은 켄타의 목소리에 의해 중단되었다.

"내 이야기는 들어도 재미없을 거라네."

"우리 얘기는 다 들어 놓고, 너무해."

"그리 급하게 굴 것 없네. 말하지 않겠다고 한 건 아니니. 켄타랑 코토하와 마찬가지로 나 또한 사랑하는 사람을 만나러 가는 거라네."

"타카오, 좀 하는데?"

휙, 하고 휘파람을 불던 켄타는 갑자기 얼굴을 찌푸렸다.

"잠깐, 혹시 금지된 사랑을 하고 있다거나? 설마… 불륜을 하고 있는 건 아니겠지?"

"그럴 리가."

쓴웃음을 짓던 타카오 씨가 팔짱을 끼며 소파에 몸을 기대었다.

"자랑하는 건 아니지만 바람은 피운 적이 없다네. 아내를 만나러 간다는 소리였어."

아내를 만나러 간다고? 무슨 말인지 감이 잘 잡히질 않왔다.

"타카오는 아오모리에 살고 있다고 했잖아? 그런데 왜 아내분은 하코다테에 계시는 거야? 별거 중? 그도 아니면 피치 못할 사정이라도 있는 거야?"

켄타가 질문을 쏟아냈다.

"일단 진정하게나. 이야기하자면 길어지겠지만, 자네가 생각한 게 맞다네."

작게 한숨을 내쉬는 타카오 씨의 눈가에 갑자기 어둠이 드리워지는 것 같았다. 터널의 푸른빛 속에 있는데 어두워 보인다니 이상한 일이었다. 말할 수 없는 어떤 사정이 있는 것 같다는 느낌이 들어서 켄타의 눈을 보았다.

더 이상 묻지 않는 게 좋겠다는 나의 생각과는 달리, 켄타는 들뜬 사람처럼 탁자 위에 맥주를 나열하기 시작했다.

"시간은 충분하다구. 타카오가 말하고 싶지 않다면 억지로 묻지는 않겠지만, 술안주가 될 만한 이야기라면 몇 시간이 걸리더라도 괜찮으니까 들려줘."

"오, 술이 있었나? 이러면 이야기를 안 할 수가 없겠군."

허허허, 하고 산타클로스처럼 웃음을 터트리더니 타카오 씨는 맥주를 받아 들었다. 그 손에는 많은 주름과 검버

섯이 새겨져 있었다.

"혹시라도 지루하면 중간에 말해주게나."

그렇게 운을 뗀 타카오 씨는 맥주를 한 모금 마시더니 나와 켄타 사이의 어중간한 곳에 시선을 두었다.

"아내는, 하코다테에 있는 병원에 입원 중이라네."

"그렇군요⋯⋯."

조금 후회가 되었다. 묻지 말아야 하는 이야기일지도 모르겠다.

"어떤가? 이렇게 어두운 이야기여도 괜찮은가? 게다가 아주 긴 이야기가 될 거라네."

"당연한 소리를. 어서 들려 달라구."

미소를 거둔 켄타가 타카오 씨를 똑바로 바라보며 말했다. 타카오 씨는 다시 한번 맥주로 목을 적셨다.

"내 아내는 올해로 일흔이 된다네. 이 이야기는 지금으로부터 10년 전의 이야기인데⋯ 어느 날 아내가, 오른쪽 다리를 움직이기가 어렵다고 말하더군."

기억을 떠올리듯 타카오 씨의 시선이 천장을 헤매고 있었다. 나도 타카오 씨를 따라 어두운 천장을 바라보았다.

"처음에는 신경 쓰지 않았지. 그도 그럴 것이, 내 나이 쯤 되면 이곳저곳 아픈 것쯤이야 늘상 있는 일이었으니 말이네."

타카오 씨의 표정에서 그리움과 고통을 동시에 느낄 수 있었다.

"병원에는 갔어?"

켄타가 묻자, 타카오 씨는 크게 숨을 내쉬었다.

"처음에는 금방 나을 거라고 생각했지."

그리움은 어디론가 사라지고, 고뇌에 찬 표정으로 바뀌었다. '생각했다'는 건 그렇게 되지 않았다는 뜻이겠지.

"그러는 동안에, 이번에는 팔도 제대로 들기 어려워하지 뭔가. 아무래도 이건 이상하다 싶어 병원에 갔다네. 그곳에서 여러 가지 검사를 받고… 마지막으로 의사에게 결과를 들었지."

"뭐였어…?"

켄타의 목소리가 진지해졌다. 뭔가 짐작되는 병이라도 있는지 몸을 한껏 앞으로 기울이며 타카오 씨의 입술을 응시하고 있었다.

"ALS라고 말씀하시더군."

켄타는 그 말에 숨을 죽였다.

"그건… 난치병이잖아."

나는 그게 무엇인지 이해하지 못해서 두 사람을 두리

번거리며 바라보았다.

"ALS, 즉 '근위축성 측색 경화증*'을 말하는 거야. 난치
병으로 지정되어 있어."

당황하는 내게 켄타가 설명해주었다. 그러고 보니 켄
타는 간호사라고 했지.

"켄타는 잘 알고 있는 모양이군. 그래, 나 역시 설명을
듣고 놀라서 뒤로 넘어질 뻔했다네."

얘기 중에 휴대폰으로 정보를 찾아보는 것도 무례한
행동일 것 같아서 용기를 내어 직접 물어보기로 했다.

"어떤 병인가요?"

켄타는 타카오 씨에게서 시선을 고정한 채로 고개를
끄덕였다.

"전신의 근육이 위축되는데, 쉽게 말하자면… 근육이
점점 움직이지 않게 되는 거야."

"근육이? 그게 무슨 말이야?"

"병이 진행되면 팔다리를 움직일 수 없게 돼. 자발적인
움직임이 불가능해지면서 한 곳에 누운 채로 지내게 되는
거야. 나중에는 얼굴과 입까지도 움직이지 않게 되고 말

* '루게릭병'으로도 불린다.

지……."

전신이 점점 움직이지 않게 된다니… 상상도 할 수 없을 만큼 무거운 병이구나. 타카오 씨는 맥주를 들이켜고는 나를 바라보았다.

"그렇게 아내는 하코다테에 있는 병원에 입원했다네. 그 당시의 아오모리에는 ALS 치료가 아직 잘 갖춰져 있지 않아서 말이야."

켄타는 침묵을 유지하고 있었다.

"얼마 지나지 않아 다리를 전혀 움직일 수 없게 되었고, 휠체어를 타게 되었다네. 1년이 지났을 무렵에는 상반신도 움직일 수가 없게 되었지. 전문 요양병원에 들어간 이후로 지금까지 쭉 누워 지내고 있다네."

나는 무의식적으로 입술을 깨물고 있다가, 퍼뜩 정신을 차리고 고개를 들었다. 가늘게 뜬 타카오 씨의 눈에서 쓸쓸함이 느껴졌다.

"거 보게, 지루하다고 하지 않았는가. 이제 그만 말해야겠네."

뭐라고 말하면 좋을까. 이럴 때 할 만한 적당한 말이 단 한마디도 떠오르지 않았다.

"…ALS는."

켄타가 조용히 중얼거렸다.

"3년에서 5년 안에 호흡기 마비를 일으킨다고 알려져 있어. 즉, 자력으로는 호흡을 할 수가 없다는 소리지. 아내분께서 10년이나 입원 중이시라면… 그 말은…….."

타카오 씨는 켄타를 보며 어쩔 수 없다는 듯이 머리를 긁적였다.

"놀랍구먼. 굉장히 자세히 알고 있지 않은가."

"아무래도 그렇지. 난 간호사니까."

태연한 켄타의 대답에 타카오 씨의 눈이 휘둥그렇게 커졌다.

"그래서 병명을 바로 알았던 겐가?"

"ALS 환자분들도 담당하고 있거든. 그래서 아내분의 증상을 들었을 때 '혹시…?' 하는 생각이 들었던 거야. 하코다테에 신경성 난치병 전문 요양병원이 있다는 것도 들은 적이 있어."

갑자기 방 안의 공기가 변한 것 같았다. 타카오 씨가 망설이듯이 켄타를 바라보았다. 방금 전까지와는 다르게 어딘가 자신감이 없어 보이는 모습이었다.

"자네들에게 부탁하고 싶은 게 있어. 내 이야기를 듣고 솔직한 의견을 들려주었으면 하네. 내가 옳은 결정을 내린 것인지… 잘 모르겠어서 말이야."

"물론이지. 그러려고 이곳에서 만난 거라구. 자, 어서 이야기해줘."

켄타는 당연하다는 듯이 대답한 뒤에 "그치?" 하고 내게 동의를 구해왔고, 나도 고개를 끄덕이며 대답했다.

"제가 도움이 될지는 모르겠지만, 들려주세요."

타카오 씨는 맥주 캔을 탁자에 내려놓고 양손을 맞잡아 무릎 위에 올려놓았다.

"입원한 지 3년이 지날 즈음부터 아내는 말을 잘할 수 없게 되었다네. 얼굴까지 마비되기 시작한 거야. 요양병원에 방문할 때마다, 아내의 말이 조금씩 어눌해지는 게 느껴졌다네. 눈에 띄게 말이야. 하지만 아내는 내가 찾아가면 몹시도 기뻐하는 눈으로 나를 반겨주었어. 간호사분이 알아듣지 못하는 말도, 나는 알아들을 수 있었다네. 그녀의 말을… 나는 전부 이해할 수 있었지."

자랑스럽게 이야기하는 타카오 씨를 보며 나는 당장이라도 울 것 같은 기분이 들었다. 사랑하는 사람의 몸이 점점 굳어가는 모습을 어떤 심정으로 지켜보았을지……. 절대 울어서는 안 된다고 나 자신을 꾸짖었다. 이 눈물은 동정의 눈물이기에.

"어느 날 주치의 선생님께서 모두를 불러 모으시더군. 무로란*에 살고 있는 아들 부부까지 말이야."

"아……."

켄타는 그 이유가 무엇인지 이미 알고 있는 듯했지만, 나는 그렇지 않았다.

"무슨 말씀을 하셨나요?"

타카오 씨에게 재촉하듯이 물었다. 타카오 씨의 가슴 언저리가 세이칸 터널의 빛으로 파랗게 물들었다가 어두워지길 반복하고 있었다.

"주치의는 머지않아 호흡기 마비가 일어나 자력으로는 숨을 쉴 수 없게 될 것이라고 했어. 우리에게는 최후통첩과도 같은 말이었지."

"그런……."

"나는 믿을 수 없었다네. 젊은 시절부터 고생만 한 아내일세. 이제는 나도 정년이 되었고, 아들도 독립했으니 앞으로 여생을 함께 즐기려던 참이었는데. 아내가 죽는다니……."

무릎 위에 놓인 타카오 씨의 양손이 둥글게 말렸다. 꽈

* 홋카이도의 남부에 위치한 도시다.

악, 손이 새하얘지도록 강하게 주먹 쥐고 있었다.

"주치의는 '인공호흡기를 달 것인지 선택하라'고 말했고, 나는 그 자리에서 바로 달겠다고 대답했다네. 하지만, 주치의는……."

켄타가 분하다는 표정을 지으며 침묵하고 있었다. 무언가 하고 싶은 말이 있지만, 말할 수가 없는 것처럼 보였다.

"주치의의 설명에 따르면… 현행법상, ALS 환자에게 한번 인공호흡기를 달면 그 이후에는 제거할 수 없다고 하더군. 비슷한 계열의 시설로 이동해, 그곳에서 호흡기를 관리하게 될 거라는… 그런 말을 하지 뭔가."

"연명 치료를 시작하면 중간에 그만둘 수 없어."

켄타가 작은 목소리로 말했다.

"어째서?"

"ALS의 경우, 인공호흡기를 떼는 게 그 환자를 죽이는 것과 같기 때문이야. 즉, 분기점은 단 한 번뿐이라고 할 수 있어. 그때의 선택이 영원한 결정이 되는 거야."

켄타가 서글픈 표정으로 대답했다. 분명, 그도 비슷한 상황을 여러 번 보았을 것이다. 단 한 번의 선택으로 평생을 결정지어야 한다니, 너무나도 잔인하지 않은가.

"주치의는 '인공호흡기를 달 경우, 좀 더 생존할 수는 있지만 그건 그저 살아 있는 것일 뿐. 환자 본인이 정말 바라는 것이 무엇일지 고민한 뒤에 답을 내려주었으면 좋겠다.'라고 하더군. 나는 살아 있어 주기를 바랐어. 혹시 몇 년 뒤에는 새로운 치료법이 개발될지도 모르는 일이지 않은가. 내게 망설임 따위는 전혀 없었다네. 하지만……."

"아드님이 반대한 거지?"

켄타가 말했다.

"아들은 '어머니는 이미 충분히 삶을 살아오셨다, 호흡기를 달고 누워만 계시는 것이라면 너무 안쓰럽다.'라고 말하더군."

그 순간이 떠올랐는지, 타카오 씨가 노여운 기색을 숨기지 않으며 강한 어조로 말을 이어갔다.

"모두가 나를 설득하려고 했다네. '지금은 괜찮아도 아버지가 돌아가신 뒤에는 어찌 되는 거냐.', '한 달 치 치료비가 얼마나 드는 줄 아느냐.'고 말이야. 기가 막혔지."

"힘들었겠네."

켄타가 자리에서 일어나서 타카오 씨의 옆에 앉더니 그 커다란 어깨를 감싸안았다.

"아내는 버젓이 살아 있어. 몸이 움직이지 않아도 살아 있단 말이네. 그런 아내를, 그 녀석들이 죽이라고 말하는 것 같았어. 나는 인공호흡기를 달기로 결정했지. 내게는 그동안 모아둔 돈도 꽤 있으니까, 아내의 수명이 다할 때까지 연명치료를 이어갈 수 있을 거라네."

타카오 씨는 맥주 캔을 덥석 쥐어 들더니 남김없이 비워버렸다. 나는 그저 타카오 씨를 바라보기만 했다. 할 수 있는 것이 아무것도 없었다.

"이제는 온몸이 마비된 모양인지, 말을 걸어도 어떤 반응도 보이지 않아. 나는 매달 병원을 찾아가 아내에게 혼잣말하듯 말을 걸 뿐이야."

"왜죠?"

나도 모르게 입에서 말이 튀어나왔다. 두 사람이 나를 바라봤다. 나는 생각했던 것을 마저 말했다.

"왜 병원이 있는 하코다테로 이사를 가지 않으세요? 그러면 매일 보러 갈 수 있을 텐데요."

타카오 씨는 가볍게 머리를 흔들었다.

"그 생각도 해봤다네. 하지만 아오모리의 집은 나와 아내의 추억이 가득 담긴 곳이야. 툇마루에 앉아 정원을 물끄러미 바라보고 있노라면 지금까지의 인생이 머릿속에 떠오른다네. 언젠가 치료법이 개발되면, 그 집에서 아내를 맞이하고 싶다는 생각에 좀처럼 이사할 마음이 들지 않아서 말이야. 그곳은 우리 부부의 집이니까……."

타카오 씨가 일본식 가옥에 앉아 아내분과 웃으며 담소를 나누는 모습이 머릿속에 그려지는 듯했다.

"병원을 방문할 때마다 5일 동안 아내와 함께 지낸다네. 병원에서 잠을 자며 상주하기 때문에 매번 짐이 상당해지는구먼."

타카오 씨의 시선을 따라가니 그곳에 커다란 배낭이 놓여 있었다.

"그런데 타카오. 왜 하필 이 열차인 거야?"

켄타가 침묵을 깨며 질문했다. 확실히 그랬다. 아오모리에서 하코다테까지면 굳이 이 심야 특급열차를 이용할 필요가 없었다. 신칸센을 타는 편이 더 빠르기 때문이었다. 타카오 씨는 방 안을 쓱 둘러보더니 코로 숨을 내뱉었다.

"내가 정년을 맞이한 해에 몇십 년 만에 아내와 함께 여행을 떠난 적이 있는데, 그게 이 심야 특급열차 '드림'이었어. 아내가 꼭 타보고 싶다고 해서 말이야. 일부러 비행기까지 타고 고베로 건너가 그곳에서 열차를 탔다네."

"그랬구나⋯⋯."

켄타가 눈을 동그랗게 뜨며 중얼거렸다.

"거기서부터 삿포로까지의 여행은 정말로 즐거웠지. 아내가 마치 어린아이처럼 신이 난 덕분에 그날은 밤이 새도록 여러 이야기를 나누었지. 그래서 이 열차를 타고 아내를 만나러 가는 걸세. 이제는 이 열차 안에서 생긴 일들과, 풍경에 대한 이야기들을 들려주는 것이 일상이 되었어. 그리고 한 가지 더⋯⋯."

거기까지 말하더니, 타카오 씨는 내게 윙크를 보냈다.

"두 사람이 알고 있는지 모르겠지만 이 열차는⋯ '탑승한 사람의 꿈이 이뤄진다.'는 말이 있다네. 소문이 퍼져서 한때는 모두가 이 열차를 타고 싶어 했던 시기도 있었지."

타카오 씨의 꿈은 틀림없이⋯ 아내분과⋯⋯.

"의외로 로맨티스트구나?"

켄타는 감탄한 모양인지 고개를 끄덕이고 있었다.

"글쎄⋯ 최근 들어 이런 생각을 한다네."

"무슨 생각이요?"

내가 물었다.

"과연 그날, 그때의 내 결정이 옳았던 것일까⋯ 최근 들어 그런 생각을 자주 하게 돼. 나도 이제는 나이가 들었거든."

그렇게 말하며 쓸쓸하게 미소 짓는 타카오 씨에게 건네줄 위로의 말 한마디조차 떠오르지 않았다. 시선을 떨구는 내게 타카오 씨가 조용히 물었다.

"만약 코토하라면 어떻게 했을 텐가? 사랑하는 사람의 목숨이 걸린 선택을 강요받는다면, 어떤 결정을 내렸을 것 같은가?"

깜짝 놀라 고개를 들자 타카오 씨는 나를 똑바로 바라보고 있었다. 나라면 어떻게 했을까?

"호흡기를 달 텐가? 아니면 평온하게 잠들게 할 텐가?"

방금까지의 차분한 어조와는 달리 타카오 씨의 말투에서 느껴지는 묘한 긴장감에 나는 입을 다물었다.

"내가 내린 결정은, 옳은 걸까?"

마지막은 스스로에게 자문하듯 말했다. 그의 고뇌를 두고 내가 할 수 있는 말은 없었다. 나는 타카오 씨의 시선을 받으면서도 옆에 앉아 있던 켄타를 바라보았다.

"켄타는 동일한 병을 가진 환자들을 맡고 있다고 했지? 그 가족들은 어떤 결정을 내렸어?"

"제각각이야."

그렇게 말하며 켄타는 전자 담배 수증기를 뿜어냈다.

"모든 이들이 필사적으로 고민한 끝에 결정짓는 문제야. 그 결정이 옳았는지 틀렸는지는 누구도 판단할 수 없다고 생각해. 정답은 없는 거야."

"그렇군……."

"지금은 'ACP'라는 의사 결정을 지원하는 과정이 있어. 'Advanced Care Planning'의 약자인데, '인생 회의'라는 애칭으로 불리기도 해. 간단히 말하자면 '마지막 선택에 대해 여러 사람들과 상의해두는 것'을 의미하는 거야."

켄타의 설명은 자세했지만, 내가 이해할 수 있는 부분은 채 절반도 되지 않았다. 타카오 씨도 나와 같았는지 고개를 갸웃거리고 있었다.

"왜, '엔딩 노트'라는 것도 있잖아? 만약을 대비해서 자신의 생각을 노트에 적어두는 것 말이야. 이건 말하자면 그 '엔딩 노트'보다 좀 더 구체적인 버전인 셈이지."

"그러니까, 어떻게 죽을지 결정하는 거야?"

내가 질문하자 켄타는 "아니야."라고 빠르게 대답했다.

"어떻게 죽을지가 아니라 마지막까지 어떻게 살지를 결정해놓는 거야. 아마도 타카오 씨의 아내분께서 병에 걸렸을 당시에는 이런 시스템이 없었겠지만, 지금은 시스

템이 갖춰져 있거든."

뭐라 설명하기 어려운 답답한 감정이 마음속에서 꿈틀거렸다. 본인의 생명에 대한 기간을 정한다니, 생각해본 적도 없는 일이었다.

"만약에."라고 가정할 수 있다는 시점에서, 나는 이미 안전지대에 있는 것이라고 확인받는 기분이었다. 만약… 내게 그런 순간기 찾아온다면, 나는 과연 결단을 내릴 수 있을까…? 가족에게 그런 상황이 발생한다면 모두가 납득하게끔 설명할 수 있을까…?

"어쨌든."

켄타는 어깨를 추켜올리며 말했다.

"아내분의 바람을 모르는 이상, 타카오가 한 결정에 대해서… 나는 아무 말도 할 수 없어."

갑자기 단호하게 마무리 짓는 켄타의 말투에서 위화감을 느꼈다. 하지만 다시 생각해보니, 이런 일에 대해서 자신의 의견을 말하는 것은 주제넘은 일이었다. 어떤 답이 옳은 것인지는 아무도 알 수 없으니 말이다. 그 순간에 내린 답이 평생을 좌우할지라도… 주변 사람들이 그의 선택에 대해 왈가왈부할 자격은 없는 것이다.

"반대하던 아들분은 뭐라고 하세요?"

내 질문에 타카오 씨가 눈을 가늘게 뜨고 말했다.

"잠시 사이가 멀어지기도 했지. 그런데 몇 년 전에 아들에게 손자가 태어났다네. 나에게는 증손자가 되지. 병원에 데려와서는 '이렇게 어머니에게 증손자를 보여 드릴 수 있어 감사하다'고 하더군."

"다 그런 거 아니겠어? 사람은 상황에 따라 누군가를 용서하기도, 인정하기도 하는 거야. 시간이 지나면서 깨닫는 경우도 있고, 반대로 꼬이는 경우도 있겠지. 그때그때의 상황에 따라 판단이 달라지는 것. 그게 인간인지도 몰라."

켄타가 또 철학적인 얘기를 했다. 타카오 씨는 고개를 한 번 끄덕여 보이고는, 빈 맥주 캔을 꽉 움켜쥐었다. 콰직, 하는 소리가 크게 울려 퍼졌다.

"후회는 없다네. 하지만 아내가 그것을 바랐는지 아닌지는… 본인에게 제대로 확인하지도 않고 멋대로 결정해 버렸다고 화를 내고 있는 것은 아닐까, 지금도 자꾸만 그런 생각을 하게 돼."

"그런 건 쓸데없는 생각이야."

켄타가 솔직하게 말했다.

"그런가?"

"그래. 자신의 선택에 자신감을 가지라구. 지금도 아내분은 타카오가 이렇게 찾아오기를 기대하며 기다리고 있을 거라구. 어두운 생각은 떨쳐내고 아내분을 즐겁게 해 드리는 거야."

켄타가 딱 잘라 말하자 타카오 씨의 얼굴이 조금 밝아지는 듯했다.

성격이 시원시원한 켄타이기에 누군가를 설득하는 힘을 갖고 있는 걸지도 모르겠다.

"타카오는 알고 있을 거라고 생각하지만, ALS 질환은 마지막까지 '오감'이 제 기능을 한다고 알려져 있어. 그중에서도 가장 마지막까지 남는 건 청각이고. 즉, 귀는 들린다는 소리야. 그런 일로 고민하고 있으면 아내분에게 바로 전해질 거라구."

"자네 말이 맞아. 고민해도 소용없는 일인지도 모르지."

"있잖아, 난 말이야. 타카오의 판단이 옳았는지는 모르겠어. 하지만, 고민 끝에 내린 결론이라면 온 힘을 다해 응원할 거야."

"저, 저도요."

서둘러 덧붙이자, 타카오 씨는 얼굴 한가득 주름이 지도록 웃었다.

"저도 타카오씨의 결정을 응원할게요."

그래, 나는 이 말을 하고 싶었던 것이다. 옳은 선택인지 아닌지는 아무도 모른다. 다만, 옳았다고 믿을 수는 있다. 망설이는 사람을 응원할 수만 있다면 말이다.

"자네들과 이야기를 나눌 수 있어 다행이야."

창문 밖을 내다보는 타카오 씨의 온화한 얼굴이 유리창에 비쳤다. 부드럽고 강한 미소였다.

* * *

눈을 떠보니 시간은 이미 네 시를 넘어가고 있었다. 켄타는 샤워를 하러 가겠다며 자리를 비웠고, 타카오 씨는 침대에 누워 잠들고 말았다. 그의 규칙적인 코고는 소리가 방 안에 울려 퍼지고 있었다.

유리창에 비친 내 얼굴은 타카오 씨처럼 환하지도 않거니와 강하지도 않았다.

만약 내가 타카오 씨의 입장이라면… 새삼스럽지만, 조금 전 타카오 씨의 물음을 되새겨보았다. 카이토에게 그런 일이 생긴다는 건 상상조차 할 수 없었다.

하지만 만약 그런 일이 생기더라도 어쩐지 그의 옆에

는 내가 없을 것만 같은 기분이 들었고, 내가 그렇게 상상하고 있다는 사실에 놀라고 말았다. 내 마음은 혼란 속에서 헤매고 있었다. 지금 당장은 내 앞에 출구가 보이지 않는 이 터널처럼 말이다.

푸른빛을 뚫고 나아가는 이 열차는, 머지않아 북해도에 도착할 것이다.

제7장

북위 41도

분명, 하얀 아침

아까부터 열차의 진동이 거세지고 있었다. 드디어 세 이칸 터널을 빠져나온 걸까? 롤러코스터를 타는 것처럼 온몸이 흔들렸다.

"저기."

누군가의 목소리가 들려왔다. 이렇게 가까이에서 큰 소리로 외치지 말아줘.

"이제 그만 일어나라구!"

내게 말하고 있는 건가? 깊은 어둠 속에서 끌려 나오듯 의식이 점차 선명해졌다. 아, 열차가 아니라 누군가가 내 몸을 흔들고 있었던 거구나. 간신히 눈을 떠보니 켄타의 얼굴이 시야를 가득 메우고 있었다.

"꺅, 뭐야?"

몸을 틀자마자 목과 어깨로 통증이 퍼졌다. 소파에서 잠든 탓인 것 같았다.

"하코다테에 도착했어. 타카오와 작별이라구."

고개를 돌리자 이미 빨간 산타 코트를 입고서 가방을 메고 있는 타카오 씨의 모습이 보였다.

시계를 보니 일곱 시가 가까워지고 있었다. 기절하듯 잠들어버린 모양이었다.

방 안은 이상할 만큼 밝았다. 창문 너머로 설국의 풍경이 펼쳐져 있었다. 하늘에서 춤을 추듯 내려오는 눈을 가르며, 열차는 북쪽 대지를 향해 달려가는 중이었다.

"죄송해요. 잠들어버렸어요."

뒤돌아본 타카오 씨가 고개를 저었다.

"일부러 깨울 필요는 없었는데, 나야말로 미안하구먼."

"오히려 깨워주지 않았으면 켄타를 원망했을 거예요."

"고맙게 여기라구."

켄타는 소파에서 몸을 일으키는 내게 그렇게 말하더니 방을 빠져나갔다. 나도 타카오 씨를 따라 복도로 갔다. 아침 햇살에 눈이 부셨다. 눈이 내린 탓인지 햇빛이 평소보다 강렬했지만, 나는 말없이 하차구까지 걸어 나갔다.

단 한 정거장일 뿐인데 세이칸 터널을 빠져나오기까지 몇 시간이나 걸리다니. 일본 지도를 떠올려보아도 쉽게 이해가 되지 않았다. 열차는 서서히 속도를 줄이기 시작했다.

"자네들을 만날 수 있어서 좋았다네. 설마 초면인 자네들에게 아내의 일을⋯ 아니, 나의 고민을 이야기하다니⋯ 지금도 정말 믿기지가 않아. 더 믿기지 않는 건 내 마음이 가벼워졌다는 사실이라네."

타카오 씨가 창문 너머로 흐르는 풍경을 바라보며 말했다.

"우리도 많이 배웠어. 나이가 들어도 고민은 사라지지 않는다는 것. 그리고 그건 사랑이 남아 있기 때문이라는 걸 말이야."

가장 뒤쪽에 서 있는 나에게는 켄타의 표정이 보이지 않았지만 그의 목소리는 상냥했다.

"코토하와 켄타도 여러 사정이 있겠지만, 나도 노력할 테니 자네들도 그래주길 바라네."

"어머? 나는 노력하지 않을 거야. 타카오랑 코토하도 그래. 노력한다는 건 자신을 과하게 몰아붙인다는 뜻이잖아? 그럴 필요 없어. 기를 쓰지 않아도, 자신이 선택한 길을 믿으면 돼. 그뿐이야."

가끔 이렇게 핵심을 찌르듯이 말하는 켄타가 좋기도 하고 싫기도 했다.

"고맙습니다. 제 나름대로 답을 찾아볼게요."

고개를 숙여 인사하는 내게, 타카오 씨가 고개를 끄덕이며 미소를 지어 보였다.

하코다테역으로 미끄러지듯 들어온 열차가 서서히 움직임을 멈추었다. 문이 열리자마자 차가운 바람이 열차 안으로 밀려 들어왔다. 열차에서 내리는 타카오 씨의 앞으로 새하얗게 물든 빌딩들이 줄지어 서 있었다.

"타카오, 건강하게 지내. 아내분에게도 안부 전해줘."

켄타가 그렇게 말하며 손을 흔들었고, 타카오 씨와 나도 서로 손을 흔들며 작별 인사를 나눴다. 단 한 정거장 사이의 친구.

"부디 건강하세요."

내가 마지막 인사를 건네는 순간, 문이 닫혔다.

열차는 바로 움직이기 시작했고, 타카오 씨의 모습이 점점 멀어져갔다. 산타클로스는… 사랑하는 아내와 함께 짧은 휴식을 보내게 되겠지.

우리가 함께 보낸 시간이 재미있는 여행담이 되기를…….

방으로 돌아온 나와 켄타는 마주 보듯 소파에 앉았다. 또 한 번의 만남과 이별을 다시 경험한 탓인지, 허탈한 기분이 들었다.

"홋카이도는 눈이 내리는구나."

켄타가 뿌옇게 김이 서린 창문을 타월로 닦으며 말했다.

"이제 더 탈 사람은 없는 거야?"

"홋카이도로 넘어오면 새로 탑승하는 사람은 거의 없어. 심야 특급열차인데, 아침부터 굳이 이 열차를 이용하는 건 좀 그렇잖아."

"켄타는 안 잤어?"

"당연하지. 두 사람이 신나게 코를 골며 잠들었을 때, 난 혼자서 외롭게 술을 마시고 있었다구."

확실히 빈 맥주 캔들이 늘어나 있었다.

"어쩐지 신기해."

나는 돌아오는 길에 샀던 커피를 한 모금 마시면서 중얼거렸다. 켄타는 '뭐가?'라는 표정으로 말없이 내게 시선을 던졌다.

"이 열차에서 만난 사람들 말이야, 모두 제각각 고민을 안고 있었잖아. 그들의 이야기를 듣고, 또 나의 이야기도 전하고. 지금까지 이런 경험은 별로 해보지 못했거든."

히로코와 코하루, 그리고 타카오 씨. 그들이 이 열차에 몸을 실었을 땐, 각자 나름의 고민을 짊어진 상태였다. 내릴 때 조금은 환한 모습을 보여주었을지 몰라도, 그 고민이 완전히 해소된 것은 아닐 테다. 어떤 일이 생길 때마다 그들은 다시 고민하고 고통받겠지.

"신기하긴 뭐가 신기하다고 그래."

켄타가 어이없다는 표정으로 대답했다. 이제는 켄타도 맥주가 아니라 나처럼 커피를 들고 있었다.

"코토하는 이 심야 특급열차가 처음이라 몰랐겠지만, '드림'은 긴 위도를 넘으며 여행하는 열차야. 누구든 솔직해지기 마련이고, 짊어진 짐의 무게를 확인하고 싶어지는 법이라구."

"그런 걸까…?"

"언제 다시 만나게 될지 모르는, 일생의 단 한 번뿐인 인연이잖아. 그러니까 솔직하게 말할 수 있는 거 아니겠어?"

또 그랬다. 나는 순간적으로 어두워진 켄타의 표정을 놓치지 않았다. 어제부터 몇 차례 느껴왔던 위화감을 언급하려면 지금뿐이라고 생각했다.

켄타의 옆으로 자리를 옮기자, 켄타는 "자, 잠깐."이라고 말하며 나를 피하듯이 상반신을 뒤로 젖혔다.

"갑자기 다가오지 말라구. 나는 여자한테 관심 없다니까."

"들어줬으면 좋겠어."

생각보다 낮은 목소리가 튀어나오는 바람에 목을 가다듬고 켄타를 바라보았다.

"지금 내 기분 말인데, 처음에 탑승했을 때와는 다른 느낌이 들어. 이 방에 함께 머물렀던 모두의 고민을 듣다가 보니 안개가 걷히는 것 같은 기분이야."

여행이었다. 하지만 여행을 시작한 지 벌써 열두 시간이나 흘렀고, 다양한 사람들과 교류하면서 시야가 선명해지는 느낌이… 아니, 그런 확신이 들었다.

"갑자기 왜 이러는 거야? 뭐 어쨌든, 들어줄 테니까 말해보라구."

고개를 휙 돌리는 켄타. 나는 켄타의 머리를 양손으로 감싸 쥐고서, 내 쪽을 향하도록 방향을 돌렸다.

"꺄악, 하지 마!"

"켄타도 말해줘."

"뭐?"

몸을 뒤로 젖히며 나를 바라보는 켄타의 두 눈이 살짝

겁에 질린 것처럼 보이기도 했다.

"내가 말하면 켄타도 다 말해줘야 해."

"말하고 있잖아."

"거짓말."

나는 가만히 그 눈을 응시했다. 켄타는 나를 째려보더니 이내 한숨을 내쉬며 시선을 돌려버렸다.

"다 말했는걸. 더는 할 말도 없어."

"자신의 감정에 솔직해지라며. 누구도 그 답을 비난하지 않을 거라고, 켄타가 그렇게 말했잖아? 그런데 왜 켄타는 자기 자신에게 거짓말을 하는 거야?"

"싸구려 노랫말 같은 소리 좀 하지 마. 아아! 시끄러워, 시끄럽다구!"

켄타는 창문 쪽으로 완전히 몸을 돌려버렸다. 잠시 침묵이 흘렀다.

창밖으로 눈송이가 춤을 추듯 하늘거리며 나부끼는 모습이 보였다. 흰 눈으로 뒤덮인 광활한 농장 너머엔 푸른 하늘이 펼쳐져 있었다.

"나는 있지……."

그렇게 말하며 켄타의 반응을 기다렸다. 켄타는 내 말이 들리지 않는 척하고 있지만, 나는 속마음을 털어놓고 싫었다. 내 대답은 이미 결정되어 있으니까.

"히로코와 코하루, 그리고 타카오 씨의 고민을 들으면서 생각했어. 내 고민 따위는 그렇게 큰 문제가 아니라고 말이야. 물론 나도 진심으로 고민하긴 했지. 하지만 고민의 핵심이라고 해야 할까? 중심이 보이지 않아서 답답했던 것뿐이라고 생각해."

켄타는 말이 없었다. 얼굴을 가까이 들여다보니, 눈을 감고 있었다.

"카이토와의 거리가 멀어진 뒤로 나는 늘 불안하기만 했어. 아무리 애를 써도 내 마음이 전해지질 않아서, 전화를 하고 문자를 보내도 도저히 닿질 않아서… 그래서 내 탓으로 돌렸어. 그냥 내가 불안해지기 싫어서 그런 거라고 생각했어. 늘 그랬던 것 같아. 진심을 전하는 게 무서웠던 거겠지."

카이토에게 거리감을 느꼈던 이유는 어쩌면 나 자신 때문일지도 모르겠다. 본심을 털어놓고 부딪치면 모든 것이 무너져버릴까봐 두려웠던 것이다.

복도를 쓱 둘러보았다. 방금까지 있었던 승객들도 이제는 어디론가 가버린 듯했고, 나와 켄타만이 최종 목적지로 향하고 있었다.

"지금 생각하면, 내가 이 심야 특급열차에 탄 이유는 '날 안심시키고 싶다'는 마음 때문일지도 모르겠어. 카이토의 기분과는 상관없이 그저 나 자신을 돕고 싶었을 뿐일지도 몰라."

자연스럽게 한숨이 흘러나왔지만 이렇게 털어놓으니 마음이 점점 안정되었다. 모두 그랬던 것이다. 새롭게 태어나기 위해 이야기를 털어놓았던 셈이다.

나도 새롭게 태어나고 싶다……. 마음 깊은 곳에서 용솟음치는 이 생각을 억지로 막지 말자.

"사랑이 죽어가는 걸 보고 있는 기분이었어. 카이토의 잘못이 아니야. 내가 마주 보지 않았기 때문이야. 할 수 있는 일이 있었을 텐데도 보이지 않는 척만 했어. 아마도 난, 이 사랑의 끝을 카이토의 잘못으로 돌리고 싶었던 것 같아. 하지만 모두의 고민을 들으며 알게 됐어. 나는… 카이토를 좋아하는 나 스스로를 지키고 싶었을 뿐이었다고."

아무런 말도 하지 않는 켄타에게 고마웠다. 지금은 그저 내 마음을 끝까지 전하고 싶었다.

"카이토를 이해하려 하지 않고 내 세계에만 빠져 있었던 거야. 하지만 이제야 알았어. 모두가 있어준 덕분에 나도 변하고 싶다고 생각할 수 있게 됐거든."

이 심야 특급열차에 올라탄 덕분에 얽혀 있던 고민의 실타래가 풀렸듯이, 나도 분명 그들처럼 새롭게 태어날 수 있을 것이다.

열차에서 내린 사람들은 각자의 현실에 맞서 나아간다. 그것이 이 심야 특급열차 '드림'의 힘일지도 모르겠다.

그렇다면, 나의 대답은…….

"카이토와 만나지 않을 거야."

입 밖으로 꺼내자 온몸의 긴장이 풀리는 것 같았다. 그래, 이 결심을 내리고 싶었던 거야.

"뭐?"

켄타가 놀란 얼굴로 돌아보다가, "아아……." 하고, 창문 쪽을 향해 다시 고개를 돌렸다. 자신도 모르게 돌아본 모양이었다.

"카이토와 만나지 않을 거야. 그렇게 결정했어."

반복해서 말하니 나의 결심이 더욱 굳어지는 것 같았다. 나는 줄곧 스스로 이 답을 내리고 싶었다.

켄타는 잠시 안절부절못하며 뭐라고 우물거리는 듯하더니, 이내 고개만 돌려 나를 바라보았다.

"…이유가 뭔데?"

"카이토가 나를 어떻게 생각하는지는 중요하지 않다는

걸 알았으니까. 나의 마음이 가장 중요하다는 걸, 이 여행이 가르쳐줬어. 아니, 히로코와 코하루, 타카오, 그리고 켄타가 가르쳐준 거야."

나를 향해 천천히 몸을 돌린 켄타는, 커피를 단숨에 쭉 들이켰다. 그러고는 한숨을 크게 내쉬더니 멍한 눈으로 나를 바라보았다.

"만나지 않으면 이제 어떻게 할 건데?"

"모르겠어."

"뭐? 그럼 이 여행은 뭐였는데? 만나지 않고 돌아가면 지금까지와 다를 게 없잖아. 우물쭈물 고민하다 역시 만나고 올 걸 그랬어, 하고 한탄할 게 뻔하다구."

양손을 벌린 채로 여배우처럼 한숨을 내쉬는 켄타를 보고 있으니 자연스럽게 웃음이 터져 나왔다. 이러니저러니 해도 켄타가 걱정해주고 있다는 걸 안다. 고마워, 켄타. 네 덕분이야.

"카이토는 쇼핑몰에서 일을 하고 있어. 멀리서 얼굴만 한 번 보고, 그대로 고베로 돌아갈 거야. 그게 이 여행을 통해 내린 나의 대답이야."

나는 고베에서 앞으로의 인생을 탐험해갈 것이다. 어떤 길이 이어질지는 모르겠지만, 나를 옭아맨 마법이 풀리면 뭔가가 보이겠지.

"멀리서 얼굴만 본다니, 정말 스토커 같네."

켄타는 미운 소리를 하면서 기가 막힌다는 표정을 지었다.

"카이토의 전 여자친구가 어떤 사람인지 확인하거나, 카이토의 반응을 본 뒤에 결정해도 되잖아."

"돌아가는 티켓은 금요일 점심이야. 오늘이 수요일이니까 이틀밖에 시간이 없는걸."

"하지만 그래도……."

"이 사랑은 언젠가부터 모습이 달라져 있었던 것 같아. 남은 건… 멀리서 그의 얼굴을 보면, 내 답이 틀리지 않았다고 확신할 수 있을 거야."

"헤어지겠다는 거야?"

켄타답지 않게 힘이 없는 목소리였다.

"그건 모르겠어. 하지만 내가 선택한 길을 옳은 길로 만들어 보일 거야."

켄타는 입을 벌린 채로 나를 바라보다, 이내 웃음을 터뜨렸다.

"코토하의 고민도 해결된 셈이네."

"켄타의 고민은 해결되지 않은 거지? 또 쓸쓸한 표정을 짓고 있잖아. 짧은 만남이라도 그 정도는 알 수 있다고."

나는 곧장 켄타의 얼굴을 가리켰다.

"어머, 손가락질하지 말라구."

"켄타도 다른 사람한테 손가락질하면서, 뭘?"

"뭐야?"

"뭐가."

서로에게 도전하듯이 얼굴을 마주 보았다.

1초.

2초.

3초.

먼저 웃음을 터뜨린 쪽은 켄타였다.

"진짜 못 살아. 웃기지 좀 말아줄래? 으하하하."

"그건 내가 할 말이야!"

그렇게 말하며 나도 웃음을 터뜨렸고 잠시 동안 웃음소리가 울려 퍼졌다. 마침내 웃음소리가 잦아들 즈음, 켄타가 갑자기 양손으로 얼굴을 감싸 쥐었다.

"…으, 으흑."

어느새 그 소리는 울음소리로 변해갔다.

"왜 그래… 무슨 일이야?"

"으윽… 으흑."

"배 아파?"

등을 문지르는 내 손을 떨쳐내며 노려보는 켄타.

"아니거든? 울고 있잖아. 그 정도는 눈치껏 알란 말이야."

그의 눈에는 눈물이 그렁그렁 고여 있었다.

"역시, 켄타도 고민이 있었구나."

질문이라기보다는 혼잣말처럼 흘린 말이었다. 켄타는 대답도 없이, 주머니에서 꽃무늬 손수건을 꺼내 두 눈에 가져다 대었다. 얼마 지나지 않아 울음소리는 흐느낌으로 바뀌었고, 켄타는 엉엉 울기 시작했다.

"나… 난 있지. 내 일로 울기 시작하면 멈출 수가 없단 말… 이야."

조용히 켄타의 어깨를 끌어안았다. 고통스러워도 어쩔 수 없는 법이다. 자신의 힘으로 어찌할 수 없는 것이 바로 사랑이고, 그것이 사람을 행복하게 하기도, 외롭게 만들기도 하는 것이니까.

켄타는 한참 울고 난 뒤에야 화장실에 간다며 방을 나갔다.

* * *

열차는 야쿠모역에 멈춰 있었고, 시간은 아홉 시가 되기 직전이었다. 눈발이 점점 거세지며 무수한 눈송이가 창문에 닿았다가 녹아 사라지기를 반복했다. 춤을 추듯 흩날리는 눈송이들이 켄타의 눈물처럼 느껴져서 빨리 이 눈이 그치면 좋겠다고 생각했다.

만약에 사랑을 알지 못한다면 인간은 어떻게 될까. 사랑을 해서 슬프기도 하지만 그 이상으로 행복해지기도 하는데… 맑은 날로 돌아가더라도, 마음은 다시 눈을 보고 싶어 할까?

시간이 얼마나 지났을까. 슬슬 걱정되려던 참에 쾅, 하는 소리와 함께 문이 열리며 언짢아 보이는 얼굴의 켄타가 모습을 드러냈다.

"어서 와."

내가 말을 건네자 켄타는 화장실에 가기 전까지 앉아 있던 자리에 다시 자리를 잡았다. 어디서 사온 것인지 컵에 담긴 커피를 내밀었다.

"고마워."

양손으로 컵을 감싸 쥐자 따뜻함이 느껴졌다. 좋은 향

기가 났다. 열차는 다시 움직이기 시작했고, 끊임없이 내리는 눈은 창문에 닿아 물방울로 변해갔다.

"남자친구와는……."

켄타가 갑작스럽게 입을 열었다. 내가 켄타에게서 들어본 적이 없는 낮은 목소리였다. 켄타는 자신의 진심을 털어놓으려 하고 있었다.

"처음 알게 된 이후로 얼마 동안은 즐거웠어. 하지만 그는 아무래도 바를 운영하는 사람인지라 좀처럼 쉴 수가 없었거든. 내가 이렇게 만나러 가는 수밖에 없었지. 그래도, 그래도 난 정말 좋았어."

"응."

"그는 참 다정했어. 내가 찾아가면 양팔을 벌리며 맞이해줬지. 내가 그동안 찾던 상대가 바로 그였다고, 사랑의 종착지는 바로 이곳이라고, 진심으로 그렇게 생각했어."

"응."

같은 대답을 반복했다. 켄타가 묵묵히 들어준 덕분에 내 감정을 다 토해낼 수 있었던 것처럼, 지금은 나도 그저 잠자코 이야기를 듣는 편이 좋을 것 같았다.

"처음에는 빨리 만나고 싶은 마음에 비행기를 타고 삿포로에 갔어. 하지만 이내 불안감이 점점 커져버렸어. 코토하가 그랬듯이 말이야. 이렇게나 좋아하는데, 좋아하는 마음만으로는 안 되는구나… 생각하게 된 거야. 생각이 나쁜 방향으로 움직이기 시작하니까, 사소한 태도나 말투까지도 의심되더라구."

켄타는 어깨를 크게 들썩이며 한숨 쉬더니 턱을 들어 올렸다. 눈물이 다시 흐를 것처럼 반짝이고 있었다.

"밤에는 나더러 아파트에 있으라고 했어. 바에는 오지 못하게 했지. 일을 마치고 돌아온 후에도 피곤하다며 바로 자버렸어… 하지만 인정하고 싶지 않았어. 무서웠거든."

켄타의 슬픔이 내게 그대로 옮은 것처럼 마음이 고통스러워졌다.

"결국, 나도 코토하와 똑같이 보이지 않는 척을 해왔던 거야. 정신을 차렸을 땐, 나도 모르는 사이에 이 심야 특급열차를 자주 이용하고 있었어. 이곳에서 다양한 사람들과 연애 이야기를 나눴는데, 난 남에게는 잘도 조언하면서 정작 내 이야기는 하지 못했지. 입 밖으로 꺼내면 슬픈 예감이 현실로 변할 것만 같은 느낌이 들었거든."

켄타는 눈물을 닦더니, "으흑" 하고 작게 신음했다.

"뭐라고 말 좀 해. 난 이제 더는, 말하지 못하겠단 말이야……."

눈물을 흘리는 켄타의 무릎 위에 오른손을 얹었다. 왜 그랬는지는 모르겠지만, 그냥 그렇게 하고 싶었다.

"열 번 이상을… 삿포로에 갔다고 했지? 어떤 변화가 있었어?"

켄타는 고개를 크게 흔들더니 눈물을 닦아냈다.

"전혀. 내 일이 되니 불가능하더라. 모두에게 말할 용기도 없거니와 남자친구에게 직접 물어볼 용기도 없으니까……. 어떻게 해야 좋을지 정말 모르겠어. 겉만 번지르르한 방어구로 자신을 지키고 있는 기분이야. 괴로움만 레벨업 하고 있는 것 같아."

자조적인 웃음을 짓던 켄타가 나를 보더니 짧은 비명을 질렀다. 그 바람에 깜짝 놀라고 말았다.

"잠깐만, 왜 코토하가 우는 건데?"

켄타의 말에 정신이 들었다. 나도 모르게 눈물을 흘리고 있었던 모양이었다.

"그야… 켄타의 마음을 알겠으니까."

"코토하…….."

"대체 언제부터 이렇게 돼버린 걸까…? 그런 생각만 계속하게 돼. 나는 끊임없이, 아주 지겨울 만큼이나 생각하는데… 카이토는 나를 조금도 생각해주지 않아. 하지만 그걸 인정하는 게 두려웠어. 켄타도 그랬던 거지?"

자꾸 눈물이 났다. 켄타는 내 오른팔에 팔짱을 끼며 그 대로 내 어깨에 머리를 기댔다.

"이런 건 사랑이 아니라는 걸 머리로는 알고 있으면서 도 벗어나질 못하겠어. 겨우 연애나 사랑일 뿐인데, 우리 는 이렇게나 휘둘리고 있네."

"나는 말하면서 조금 정리가 됐어. 켄타는 어때? 지금 은 어떤 기분이야?"

내 어깨로 켄타의 온기가 전해졌다. 사랑 때문에 슬퍼 하던 두 사람이 같은 열차에 타게 된 것에는 분명히 어떤 의미가 있을 것이다.

"음… 그렇네. 조금 나아진 것 같긴 해."

"이 열차에는 그런 힘이 있는 것 같아. 이야기하다 보 면 틀림없이 무언가가 보일 거야."

"힘이라니, 무슨 소리야?"

켄타가 미간을 찌푸리며 물었다.

"타카오가 해준 말이잖아. '꿈이 이뤄진다.'는 그 말을 전부 믿는 건 아니지만, 이 열차에는 어쩐지 자기 내면을 마주 보게 만드는 힘이 있는 것 같다는 기분이 들어."

"…바보 같아."

켄타는 내 어깨에 기대고 있던 머리를 떼더니 손수건으로 코를 풀었다.

"난 이제 괜찮으니까 계속 이야기해줘."

내가 말하자, 켄타는 주머니에 손수건을 넣고서 고개를 갸웃거렸다.

"아마… 바의 손님들에게 나를 애인이라고 소개하고 싶지 않은 거겠지. 남녀 사이의 연애와는 다르게, 우리 세계의 연애에는 종착지가 없잖아? 길게 이어지기는 어려워."

켄타는 곧장 웃음을 터뜨렸다.

"바보 같아. 지치지도 않고 삿포로까지 쫓아가고. 그의 마음은 이미 예전에 식어버렸는데……. 나도 참, 왜 이러고 있는 건지."

나는 그저 조용히 켄타를 바라보았다.

"그런 주제에, 다른 사람들에게는 뻔뻔하게 잘난 척하면서 연애관까지 설교하고 말이야……. 제일 서툰 사람은 바로 나면서……."

"켄타."

"응?"

나는 손으로 켄타의 무릎을 두들겼다.

"남자라면 일단 부딪쳐야지, 안 그래?"

"뭐? 뭐라는 거야!"

"그러니까 내 말은, 제대로 마주하라는 거야. 먼저 켄타의 마음을 전하고, 그 뒤에 답을 내리면 되잖아."

그렇게 말하며 미소를 지어 보였다.

"코하루는 만나지 않고 돌아가겠다고 했으면서! 말이랑 행동이 다르잖아."

"나는 답을 찾았으니까 괜찮아. 직접 부딪치지 않아도 내가 원하는 게 뭔지 알아냈으니까. 하지만, 켄타는 상황이 다르잖아? 남자친구의 마음을 제대로 확인해봐."

"싫어. 왜 나만 부딪쳐야 하는 건데? 난 언제나 그랬듯이 그를 만나러 갈 거라구. 쓸데없는 소리 하지 말아줘. 이번에는 의외로 꿀이 뚝뚝 떨어질지도 모르는 일이잖아."

잠들어 있던 켄타의 기세가 다시 깨어났다. 어느 틈엔가 눈물도 완전히 말라 있었다.

"그래서는 도망치는 것밖에 안 되잖아. 도망치지 말고 마주해야지."

"그러니까, 그 노랫말 같은 소리 좀 그만하라니까. 난 괜찮아. 아무렇지도 않다구. 코토하야말로 마주하란 말이야."

"나는 괜찮은걸?"

"너도 참 고집스럽다."

"그건 둘 다 마찬가지 아니야?"

결국에는 둘 다 웃음을 터뜨리고 말았다. 두 사람 모두 남자를 사랑하게 됐고, 똑같이 상처를 받아 아파하고 있었다.

우리는 서로 많이 닮았다.

"봐, 이제 곧 토마코마이역이야. 삿포로까지 한 시간 남짓이면 도착할 거라구. 이제 이런 우울한 이야기는 그만하자. 마지막인데 재밌는 이야기를 해야지."

얼렁뚱땅 넘어가려고 하는 점까지 똑 닮아 있었다.

이제야 켄타와 조금 가까워진 것 같은데, 벌써 여행을 끝내야 할 시간이 다가왔다.

토마코마이를 지나자 이 방의 열쇠를 회수하기 위해 객실 차장님이 찾아왔고, 우리 두 사람은 실없는 이야기를 나누며 짐을 정리했다.

* * *

밖에는 여전히 눈이 내리고 있었다. 눈보라에 가까울 지경이었다. 때마침 도착한 히로코와 코하루의 문자에는

'무사히 도착했고, 지금까지 잤다'는 내용이 쓰여 있었다. 그 문자를 확인한 우리 두 사람은 누가 먼저랄 것도 없이 서로 연락처를 교환했다.

여행의 끝이 다가올수록 우리는 점점 더 조용해졌다.

가방을 열어 외투를 꺼내려는데 여행사에서 받은 봉투가 반으로 접혀 딸려 나왔다. 어제 점심때까지만 해도 이 열차에 타 있을 것이라고는 상상도 하지 못했다. 하지만 내 선택이 틀렸다고는 생각하지 않는다. 켄타도 나와 같은 마음이라면 좋겠는데…….

"켄타, 있잖아……."

"이것 좀 봐봐, 잘 어울리지 않아?"

켄타는 화려한 무지개색 목도리를 둘러매고 모델처럼 포즈를 취하고 있었다. 손끝까지 쭉 뻗어 있는 모양새가 멋들어져 보였다.

"잘 어울려. 그보다 켄타, 만약에… 만약에 말이야, 남자친구와 마주 보게 된다면……."

"스탑. 그런 얘기는 이제 그만하기로 했잖아."

포즈를 풀며 켄타가 불쾌한 표정을 지었다.

"부탁이야, 끝까지 들어줘."

"싫어, 싫어. 그만하라고 했잖아. 끈질기네, 정말!"

그렇게 말하면서 켄타는 나를 향해 손가락질하려고 했다. 나는 그런 켄타의 손가락을 감싸 쥐었다.

"금요일 열두 시."

큰 소리로 말했다.

"무슨 소리야?"

"그때 돌아가는 열차를 탈 거야."

"…그래."

손가락을 도로 뺀 켄타는 관심 없다는 듯이 말했다.

"열한 시 반까지 개찰구에서 기다릴 테니까."

"뭔 말인지 모르겠네."

"만약 모든 게 잘 해결된다면 상관없어. 하지만, 만일의 상황이 생긴다면 함께 돌아가자."

켄타는 멍하니 나를 쳐다보았다.

"함께 돌아가자."

나는 다시 한번 말했다.

"재미없어."

그렇게 말하더니 켄타는 입술을 삐죽거리며 고개를 돌려버렸다. 화가 난 표정이었다. 그럴 만도 한 것이, 마치 응원하지 않는 것 같은 뉘앙스가 되어버렸기 때문이다.

안내 방송이 들려왔다.

"오랜 시간 탑승해주신 승객 여러분께 감사의 말씀을 전합니다. 잠시 후면 종점인 삿포로역에 도착하겠습니다. 저희 심야 특급열차 '드림'을 이용해주셔서 감사드리며, 여러분의 소망이 이뤄지기를 바라겠습니다. 내리실 때는 두고 내리는 물건이 없도록……."

"난 말이야!"

안내 방송이 나오는 도중에 켄타가 큰 목소리로 외쳤다.

"난 지금 행복해. 물론 고민하고 있긴 하지만, 내 오해일 수도 있는 거잖아? 사랑이 끝났다고 해도 그 사람에게 직접 들을 거야. 차일 거네 뭐네, 그런 불길한 말은 하지 말란 말이야."

숨도 안 쉬고 쏟아내듯 말하더니, 켄타는 짐을 둘러메고 성큼성큼 방을 빠져나갔다. 쾅, 하고 문이 닫히는 소리가 크게 울려 퍼졌다.

"그렇지. 미안해……."

아무도 없는 방에서 그렇게 중얼거렸다.

켄타를 쫓아 하차구로 향하는 동안에도, 열차는 점점 속도를 줄이며 역으로 접어들고 있었다.

간신히 그를 따라잡은 나는 "켄타, 미안해." 하고 등 뒤에서 말을 걸었다.

켄타는 고개를 숙이고 머리를 좌우로 흔들었다. 눈물을 참고 있는 것인지 켄타의 어깨가 떨렸다. 내가 상처를 준 것이다. 나의 부족한 어휘력을 저주하며, 몇 번이고 사과했다.

"그렇게 말하려던 건 아니었어. 그저 난… 켄타가 걱정돼서. 정말 미안해."

"나도 미안해. 삿포로에 도착해서 긴장했나봐."

"켄타를 만나서 다행이야. 진심으로 그렇게 생각하고 있어. 여러 가지로 고마워. 켄타가 없었으면 난… 어떻게 되었을지 모르겠어."

마음 깊은 곳에서 우러나온 말이었다. 켄타는 크게 숨을 들이마시더니 그대로 양손을 벌려 나를 끌어안았다.

"코토하. 나야말로 고마워. 그리고… 미안해."

열차의 문이 열리며, 새로운 공기가 우리를 현실 세계로 안내하고 있었다.

우리들의 여행이 마지막을 고하는 순간이었다.

제8장

북위 43도

내가 돌아갈 곳

"그럼, 나는 이만 가볼게."

개찰구를 빠져나오자마자 켄타는 오른쪽으로 걸어가
며 작별 인사를 했다. 감상에 잠길 새도 없었다.

"아, 그래. 저기……."

지나칠 정도로 담백한 이별에 당황하고 있는데 몇 걸
음 나아가던 켄타가 그 자리에서 멈춰 섰다. 어깨를 들썩
이더니 뒤를 돌아보며 말했다.

"나 있지, 당장이라도 울 것 같단 말이야. 그러니까 여
기서 헤어지자. 괜찮지?"

"응, 알겠어."

"우리 서로… 힘내자. 그럼, 또 만나."

힘겹게 웃어 보이던 켄타의 마지막 모습이 마음속에 박혔다. 인파 속으로 사라져가는 뒷모습. 나는 잠시 그 모습을 바라보다, 이내 발걸음을 옮겼다.

역 안을 따라 걸어 들어가자 자연스럽게 지하상가로 이어지는 길이 나왔다. 많은 사람들이 오가고 있었다. 지하상가는 이전과는 많이 달라진 모습이었다. 각양각색의 소규모 상점들이 즐비했고 디저트 카페들도 많이 생겨 달콤한 향기로 가득했다.

걷는 동안에도 어쩐지 여전히 열차 안에 있는 듯한 기분이 들었다. 귀를 기울이면 레일 위를 달리는 열차 소리가 들려올 것만 같았다.

오랜 시간을 달려 삿포로에 도착했다. 그리운 곳인데도 감상에 잠기지는 않았다. 나는 곧바로 출구의 계단을 올라 호텔로 향했다. 본가에 들를까도 생각해봤지만, 지금은 사랑에 집중하고 싶었다.

아까보다는 한결 약해진 눈발 사이로 하얀 숨결이 공중에 나부끼다 사라져갔다.

근처 어딘가에 그가 있을 것만 같았다.

'하지만, 지금은 만나고 싶지 않아.'

이렇게 생각하는 스스로에게 놀라움을 느꼈다. 오피스
거리의 한쪽 모퉁이에 자리한 작은 호텔에 체크인을 했
다. 숙소에 도착하자마자 짐도 풀지 않고 침대로 기어들
었다.

기분 좋은 나른함에 감싸여 켄타를 떠올렸다. 그리고…
히로코와 코하루, 타카오 씨, 모두가 행복하기를 바랐다.

저녁 식사는 근처 라멘 가게에서 간단하게 먹었다. 곧
장 방으로 돌아와 다시 잠이 들었는데, 피로가 상당했던
모양인지 다음 날 아침까지 깊게 잠이 들고 말았다. 자고
또 자도 졸리기만 해서 멍해진 머리로 '마법이 아직도 풀
리지 않았나 보다.' 생각하기도 했다.

목요일에도 눈이 내렸다. 어제보다 눈이 더 많이 쌓인
덕분에 창문 너머로 보이는 풍경은 그립던 고향의 모습
바로 그 자체였다. 외출 준비를 마친 후에 대로변으로 나
왔다. 얼어붙을 것 같은 추위가 살을 에는 듯했다. 얼른
택시에 올라타 목적지인 쇼핑몰의 이름을 말했다.

"오늘은 대설이라고 하네요."

룸미러를 통해 인상 좋은 중년의 기사님과 눈이 마주
쳤다.

"어제부터 계속 내리네요."

"올해 따라 눈이 많이 내려서요. 넘어지는 사람도 많으니 관광하실 때 조심하세요."

상냥하게 웃으며 말씀하시는 기사님에게 "저, 고향이 삿포로예요."라고 말했다. 기사님은 "오, 그러세요?"라고 물으며 내 쪽으로 얼굴을 돌렸다.

"귀성길인가요?"

"그런 셈이죠. 잠깐 볼일이 있어서 왔어요. 그동안 도시의 분위기가 많이 바뀌었네요."

"여기저기 공사를 많이 했으니까요. 교통체증이 완화되면 좋겠는데, 좀처럼 좋아지질 않네요."

기분이 편안했다. 충분히 잠을 잔 덕분에 마음도 건강해진 것 같았다.

창문 너머로 흘러가는 풍경이 보였다. 눈이 내리는 것마저도 사랑스럽게 느껴졌다. 어쩌면 모든 것은 마음먹기에 달린 것일지도 모르겠다.

쇼핑몰 입구에 다다라 택시에서 내렸다. 입구에 놓인 안내판에서 카이토가 일하는 매장을 찾았다. 그는 대형 남성복 매장에서 일을 하고 있었다. 내가 그에게 배려 없이 '왜 액세서리 가게에 취직하지 않았느냐'고 물었던 것도 이제는 그리운 추억이 되었다.

"3층, 남성복 코너입니다."

갑자기 들려온 기계음에 정신이 번쩍 들었다. 엘리베이터에 멍하니 올라탔던 모양이었다. 나는 엘리베이터에서 내려 주변을 둘러보았다. 오픈 직후여서 그런지 손님이 드물었다.

쇼핑몰은 앞이 훤하게 트인 아트리움 구조였다. 나는 다시 엘리베이터에 타서 한층 위로 이동했다.

눈앞에 놓인 소파에 앉으니, 대각선 아래 방향에 위치한 난간 사이로 카이토가 일하는 매장이 보였다. 입구에는 조금 이르게 설치된 듯한 '봄 예복 페어' 포스터가 커다랗게 붙어 있었다. 직원들의 모습은 보이지 않았다.

긴 여정을 떠나온 끝에, 아주 오랜만에 카이토와의 거리가 가까워졌다. 마음이 이상할 정도로 평온했는데, 고베를 떠날 때까지만 해도 상상조차 하지 못했던 일이었다.

생각에 잠기려는 찰나, 가방 안에 넣어둔 휴대폰 벨 소리가 울리기 시작했다. 화면에는 '히로코'라는 이름이 표시되어 있었다.

"여보세요, 코토하?"

이틀 만에 듣는 히로코의 목소리. 벌써부터 반갑고 그리웠다.

"히로코, 연락해줘서 고마워."

"지금쯤 삿포로에 있겠네요?"

"응. 히로코는 아직 아오모리에 있는 거야?"

"실은, 지금 코하루의 본가예요. 어제저녁에 아오모리 공항에서 비행기를 타고 이쪽으로 이동했답니다. 헤헤, 하룻밤 묵게 해주셨어요."

"그랬구나. 코하루의 가족분들은 어땠어?"

"부모님 두 분 모두 우셨어요. 코하루는 그보다 더 많이 울었고요."

멀리서 "안 울었거든!" 하고 외치는 코하루의 목소리가 들려와 웃음이 터져 나왔다.

"그래도 다행이야. 이제 정말 안심할 수 있겠어."

"아오모리의 할머님 댁과 코하루의 본가에 머무르다니, 코하루네 일가 순방이라도 하는 기분이에요."

키득키득 웃는 히로코. 몹시 밝아진 모습에 나도 덩달아 기분이 좋아졌다.

"히로코는 그럼 오늘 집으로 돌아가는 거야?"

"아, 음… 네."

뭔가 모호한 대답이 돌아왔다.

"혹시 돌아가지 않는 거야? 어째서?"

다시 부정적으로 생각하게 된 건가 싶어서 걱정하고 있는데, "안녕, 코토하." 하고 휴대폰 너머의 목소리가 코하루로 바뀌었다.

"아, 코하루구나! 다행이다, 정말 다행이야."

그렇게 말하는 나를 코하루가 "들어봐, 들어봐." 하고 가로막았다. 잔뜩 흥분한 목소리였다.

"여기서 문제 나갑니다. 지금, 여기에 누가 있을까요?"

뜬금없이 퀴즈 대회 진행자처럼 문제를 내놓는 코하루. 멀리서 "쓸데없는 소리 하지 말란 말이야." 하고 구시렁거리는 히로코의 목소리가 들려왔다.

"3, 2, 1, 땡! 정답은 마-쿤이었습니다, 마-쿤."

"뭐? 마-쿤이? 왜?"

놀라며 묻자, 전화 상대는 다시 히로코로 바뀌었다.

"죄송해요. 실은, 남편이 저를 데리러 와줬어요."

"뭐? 굉장한데!"

상상도 하지 못한 대답에 나도 모르게 소리 지르고 말았다. 다행히 주변에는 아무도 없었다. 휴대폰을 한 손으로 가렸지만 심장은 계속해서 두근거렸다.

"혼자 돌아갈 수 있다고 했는데… 거의 반강제나 마찬가지였어요. 연차를 냈다고 하더라구요."

말하는 것과 달리 그녀의 목소리는 행복하게 들렸다.

"히로코, 다행이야."

그렇게 말하자 히로코도 "네." 하고 힘차게 대답했다. 그것만으로도 모든 것이 전해지는 듯했다.

"켄타에게는 전화했어?"

"했는데, 부재중이라 음성 메시지를 남겨뒀어요."

지금쯤 켄타는 무엇을 하고 있을까. 열차에 함께 탔던 사람들이 지금은 각자의 삶을 살아가고 있다니… 당연한 일인데도 불구하고 이상한 기분이 들었다.

"코토하는 어떻게 되었어요? 남자친구분은 만났어요?"

"아니, 아직이야."

"그렇군요. 그… 어떻게 말해야 할지 모르겠는데……."

"괜찮아."

이번에는 내가 자신감 있게 대답했다.

"이제는 정말 괜찮아. 모두와 함께한 덕분에 길을 찾을 수 있었거든."

내가 지금 이곳에 있는 것도, 제대로 된 답을 찾을 수 있었던 것도, 모두와 함께한 덕분이었다.

히로코와는 잔잔하게 이야기를 나누다가, 언제 이루어질지 모르는 재회를 약속하며 통화를 마쳤다. 휴대폰을 가방에 넣고 고개를 들었다.

훤하게 트인 아트리움을 사이에 두고, 한 층 아래.

"카이토……."

그의 모습이 보였다.

카이토는 내가 있는 줄은 꿈에도 모르고, 동료처럼 보이는 남자와 이야기를 나누며 셔츠를 개고 있었다. 오랜만에 보는 그의 얼굴. 멀어서 잘 보이지 않는데도 불구하고 그가 어떤 표정을 짓고 있는지 알 수 있었다.

살이 조금 빠진 듯한 카이토는 입가에 웃음을 띤 얼굴로 민첩하게 움직이고 있었다. 너무나 사랑했던 그의 얼굴과 미소, 그를 그렇게나 보고 싶어 했던 나의 마음과 힘들었던 감정까지… 이 모든 것이 현실 같으면서도 꿈 같았다.

"카이토."

작게 속삭였다. 결코 카이토에게는 닿지 않을 나의 목소리가 경쾌한 음악에 묻혀 사라졌다.

나의 목소리는 카이토가 삿포로로 돌아오기 전부터 닿지 않았으리라는 걸… 이제는 알 수 있었다. 그 사실을 인정하고 싶지 않아서 카이토를 곤란하게 만들었다는 것도.

"삿포로까지 와버렸어. 나 정말 바보 같지?"

카이토는 동료와 함께 웃고 있었다. 네가 웃으면, 나도 웃었어. 우리에게도 그런 행복했던 날들이 있었지만… 이제 더는 존재하지 않아.

"우리 사이를 가로막았던 건 거리가 아니었던 거야. 그걸 히로코와 코하루, 타카오, 그리고 켄타가 가르쳐줬어."

폭풍이 올까봐 두려움에 떨었던 날들이 이제는 멀게 느껴졌다. 지금은 오히려 푸른 바다에 떠 있는 기분이 들었다. 내 안에 있는 무언가가 서서히 뜨거워지며, 심야 특급열차에 몸을 실었던 나날을 떠올리게 했다.

열차는 별빛을 가르듯이 달리며 이곳으로 나를 데려다주었다. 사랑을 끝내기 위해서가 아니다. 새로운 매일, 그 너머로 나아가기 위해 이곳까지 온 것이다.

카이토는 뭐라고 말하는 듯한 동료에게 엄지를 들어 올려 보이더니, 이내 매장을 빠져나왔다. 그는 아트리움 중앙에 자리한 에스컬레이터를 타고 아래층으로 내려갔다.

나는 몸을 난간에 기댄 채로 휴대폰을 꺼냈다.

켄타는 내게 만나면 알게 될 거라고 말했지만 만나기 전부터 답은 나와 있었다. 그리고 지금, 그 답은 확신으로 바뀌었다.

단축키를 눌러 카이토에게 전화를 걸었다. 휴대폰을

귀에 대고 있으니 쇼핑몰에 흐르던 음악이 점점 멀어지는 듯했다.

카이토는 카페 입구에서 메뉴판을 보고 있었다. 그러다 전화가 걸려온 것을 알아차렸는지, 윗옷 주머니에서 휴대폰을 꺼내 화면을 확인했다.

그리고 귀에 가져다 댔다.

"무슨 일이야?"

이렇게나 가까이에 있는데, 그 목소리는 고베에서 통화했을 때처럼 멀게만 느껴졌다. 그래, 거리의 문제가 아니었던 거야.

"카이토."

그의 이름을 불렀다. 세상에서 가장 사랑한 그의 이름을.

"지금 일하는 중인데."

그렇게 말하면서 카이토는 여전히 메뉴판을 보고 있었다. 손가락으로 메뉴를 하나씩 짚어가면서. 설마 내가 두 층 위에서 자신을 보고 있을 거라고는 꿈에도 생각하지 못하겠지.

"코토하?"

긴 침묵 끝에 카이토가 내 이름을 불렀다. 널 사랑해, 사랑했어.

괜찮아. 마음이 내린 대답을, 이제는 말로 전할게.

"카이토. 우리… 헤어지자."

그 순간, 몸에서 무언가가 부드럽게 빠져나가는 느낌이 들었다. 마치 해방된 것 같은 안도감이 나를 감쌌다. 아… 마법이 풀렸구나…….

카이토는 잠시 멈칫했다가, 구부정하던 몸을 천천히 일으켜 세웠다.

"혹시 취했어?"

카이토는 메뉴판에서 멀어지더니 난간에 기대어 섰다.

"안 취했어, 왜?"

"아니, 왜냐니… 그럼 진심으로 그렇게 말한 거야?"

"응."

말문이 막힌 것인지 숨을 크게 들이마신 후, 카이토는 머리에 손을 가져다 댔다. 그가 곤란할 때면 자주 하던 습관이었다.

"카이토, 2년 동안 고마웠어. 나는 앞으로도 고베에서 살 생각이야. 그러니 우리 헤어지자."

"…그거야?"

한숨 섞인 말투로 카이토가 말했다.

"함께 보기로 약속했던… 그 뭐더라, 화이트 일루미네

이션을 까먹어서 그래?"

그 말에 저절로 웃음이 나왔다. 나는 그의 그런 점도 사랑했다.

"화이트 일루미네이션이 아니라, 프로젝션 매핑이야."

"…아, 그랬지."

"그게 원인은 아니야. 그냥 끝내기로 결심했어."

"…진심이야?"

카이토는 오른손으로 머리를 긁으며 중얼거리듯이 말했다.

"응, 진심이야."

"무슨 일이라도 있었어?"

무슨 일…? 그래, 무슨 일이 있었던 것이다. 나는 계속해서 우리 둘의 미래를 그리는 일에 매달려 있었다. 내가 그린 우리의 미래를 이루기 위해 필사적이었다.

"그럴지도 모르지."

"혹시 좋아하는 사람이라도 생긴 거야?"

"그럴 리가."

"그럼 왜 그러는데?"

다정한 목소리. 평소보다 부드럽게 느껴지는 말투였다. 마지막이라는 생각에 미화되었기 때문일까, 아니면 내가 냉정해졌기 때문일까.

아니… 카이토와 제대로 마주했기 때문일 것이다. 이제 와서 과거를 되돌아보더라도 어쩔 수 없는 일이겠지만, 내가 조금만 더 일찍 알아챘다면… 우리는 뭔가 달라졌을까?

"요 며칠 동안 말이야, 많은 일을 겪고 많은 사람을 만났어. 그리고 알게 된 거야. 우리는 헤어지는 편이 낫다는 걸. 지금까지 많이 힘들게 했지? 정말 미안해."

돌이켜보면 몰아붙인 것은 나였을지도… 카이토는 내게서 도망치고 싶었던 것일지도 모르겠다.

"코토하, 진짜 무슨… 일단 밤에 다시 얘기하자."

"아니야. 카이토, 이걸로 끝내자."

카이토의 대답에 따라 내가 내린 답이 정답인지 아닌지 알 수 있다. 제발 이대로 따라주면 좋겠어.

잠깐의 침묵이 흐르고, 카이토가 입을 열었다.

"알겠어."

사랑이 끝나는 동시에, 미련도 사라지는 것을 느꼈다. 이렇게 온화한 마음으로 맞이하는 '사랑의 끝'도 있는 법이구나.

"대체 무슨 일이야. 뭔가 평소와 다른 느낌인데."

"소중한 친구들이 생겼거든. 카이토는 무슨 말인지 모르겠지만."

"그래도, 이런 식으로 헤어지는 건 쓸쓸한데……."

다투고 난 다음이면, 그는 늘 이렇게 달콤한 말을 해주곤 했다. 코끝이 간지러운 기분이 들었지만 떨쳐버렸다. 이제 충분해.

"일하는 중이었지? 이제 끊을게."

"어? 아, 그래. 또 보자."

우리에게 '또'는 없어. 나는 카이토의 뒷모습을 향해 손을 흔들었다.

"고마워, 카이토. 안녕."

카이토가 휴대폰에 대고 무언가 이야기하려는 모습이 보였지만, 전화를 끊고 휴대폰을 가방에 넣었다.

이별을 기다리던 사랑은… 사라졌다. 나는 엘리베이터를 타고 1층으로 내려갔다.

출구를 향해 한 걸음씩 나아갔다. 괜찮아, 내 두 발로 문제없이 걷고 있으니까. 쇼핑몰에 울리는 음악이 마치 나의 새로운 여행을 응원하고 있는 것 같았다.

그때였다.

"코토하!"

발소리와 함께 카이토의 목소리가 들려왔다. 뒤를 돌아보니 믿을 수 없다는 표정으로 서 있는 카이토가 보였다. 에스컬레이터를 타고 내려왔는지, 숨을 헐떡이고 있었다.

"엇… 어떻게 알았어?"

"당연히 알지! 평소랑 다르다는 것쯤은 안다고!"

카이토는 사람들의 시선에도 아랑곳하지 않고 소리치듯이 말했다. 관광객들은 놀란 표정으로 그 옆을 스쳐 지나갔다.

"설마 했는데 왠지 맞는 것 같아서… 제길, 갑자기 뛰었더니 힘드네."

카이토는 숨을 고르더니, "삿포로에… 왔구나." 하고 중얼거렸다. 스스로를 납득시키려는 것처럼. 내 말투를 듣고 알아차렸다는 사실이 솔직히 기뻤다. 그래, 카이토는 다정한 사람이니까.

"어떻게 그래."

"미안해. 연락하려고……."

"아니. 어떻게 만나지도 않고 헤어질 수가 있어! 우리가 그런 관계는 아니잖아. 나는, 우리는……."

다가오려는 카이토를 향해 오른손을 펼쳐 보였다. 그

러자 카이토는 마법에 걸린 사람처럼 오른발을 앞으로 내민 채 움직임을 멈추었다.

"심야 특급열차를 탔어."

"뭐라고? 심야… 뭐?"

"고베와 이 도시를 이어주는 열차야. 정말 이상할 정도로 신기한 열차였지. 그곳에서 만난 사람들로부터 많은 걸 배울 수 있었어."

카이토는 알 수 없는 표정을 지으며 다음 말을 기다리고 있었다. 이렇게 차분한 기분으로 카이토와 만나는 날이 올 줄은 상상도 하지 못했다.

"지금까지 고마웠어. 그리고 미안해."

"뭐야. 무슨 말인지 하나도 모르겠어."

머리를 마구 헝클어트리는 카이토의 모습에 미소가 흘러나왔다.

"카이토의 말이 맞아. 직접 만나서 이야기할 걸 그랬어."

"…그래. 하지만, 진짜 이걸로 끝인 거야?"

볼멘 얼굴, 살짝 올려다보는 눈, 뺨을 긁는 버릇. 내가 사랑했던 모든 것들. 그래, 이게 우리의 마지막 장면인 거야.

"마지막에 알아차려줘서 기뻤어. 그것만으로도… 여기

에 와서 다행이라는 생각이 들어. 정말 고마워."

눈썹을 찌푸린 카이토는 천장으로 시선을 돌렸다. 잠시 후, 카이토는 다시 나를 보았다.

"헤어지자는 건 진심이구나?"

나는 고개를 끄덕였다. 마음이 조금 아팠다. 하지만 앞으로 찾아올 하루하루가 나의 마음을 치유해줄 것이다. 내 눈앞에는 여전히 카이토가 있었지만, 켄타와 히로코, 모두의 얼굴이 떠오르다가 사라졌다.

"카이토, 너와 나… 우리 모두 행복해지자. 그러니 마지막으로 말해줘. '안녕'이라고."

카이토는 잠시 고민하는 듯 주위를 두리번거리다가 마침내 입을 열었다.

"안녕."

"안녕."

몸을 돌려 다시 걷기 시작한 내게, 카이토는 더 이상 말을 걸지 않았다. 그걸로 됐어. 그대로 있어주면 돼.

이제부터는 각자의 행복을 향해 나아갈 것이다. 갈림길을 지나듯이 말이다. 그동안의 고민이 헛되었다고 생각하지 않을 것이다. 만나지 않았으면 좋았을 거라고도 생각하지 않을 것이다.

지금까지의 날들이 상상을 초월하는 내일로 이어진다
는 걸, 나는 이제 알고 있으니까.

　자동문을 빠져나왔다. 어느새 눈은 그쳐 있었다. 차가
운 바람이 불었고… 푸른 하늘이 희미하게 보였다.

　걸음을 내딛자 멈췄던 시간이 다시 흐르는 것을 느꼈
다. 반짝반짝, 찰랑이며.

에필로그

역으로 향하는 도로는 꽉 막혀 있었다.

"이것 참, 죄송합니다."

본인의 잘못도 아닌데, 택시 기사님이 사과했다.

"아니요, 오히려 저야말로 가까운 거리라서 죄송해요."

결국 지난 저녁부터 오늘 아침까지 푹 자버리고 말았다. 삿포로에서 보낸 시간은 거의 다 자다가 끝나버린 셈이다.

삿포로의 날씨는 맑았다. 따뜻한 오전의 햇살이 서서히 다가오는 봄을 알려주는 듯했다.

"관광인가요?"

마치 어제 탄 택시에서의 대화가 반복되는 것 같았다.

"네."라고 대답하는 나에게, 기사님은 창문 너머로 하늘을 바라보며 물었다.

"삿포로는 괜찮으셨나요?"

"네. 어제는 날씨도 좋았어요."

"다행이네요."

기사님은 살짝 웃으며 말을 덧붙였다.

"조만간 삿포로에도 봄이 올 거예요."

기쁘다는 듯이 말하는 기사님의 목소리에 나도 모르게 미소가 흘러나왔다.

"기다려지네요."

"네. 삿포로의 봄은 지내기 좋은 날씨니까요."

삿포로에 오길 잘한 것 같다고 다시 한번 생각했다. 충동적이었던 여행이 내게 이렇게 큰 변화를 가져다줄 줄은 몰랐다.

나는 앞으로도 쭉, 지금처럼 고베에서 살아갈 생각이다. 카이토와의 관계가 끝난 탓은 아니었다. 그냥 내가 그렇게 하고 싶었다.

택시가 역에 도착했다. 나는 감사의 말을 전한 뒤에 내렸다. 삿포로역은 여전히 사람들로 붐볐고, 여행객들과 비스니스맨들이 바쁘게 오가고 있었다.

나는 열차에서 만났던 사람들을 다시금 떠올렸다. 그 기억들이, 내가 느낀 것들이 보물처럼 반짝반짝 빛났다.

켄타가 말했다. 인간은 모두 자신만의 인생이라는 드

라마를 살아가고 있다고. 누구나 고통스러운 고민을 품고 살아가지만, 그 안에는 기쁨과 행복도 있다는 것을… 이제는 알 수 있었다. 모든 것은 자신의 마음가짐에 달린 것일지도 모르겠다.

돌아가는 열차에서도 처음 만난 사람들과 이야기를 나누고 생각을 나누게 될까?

열차에 오르면 켄타와 모두에게 내 이야기를 전해야겠다. 전화든 문자든… 진심으로 감사의 인사를 전하고 싶었다.

분명, 그들은 나를 변함없이 따뜻하게 받아줄 것이다.

전방에 개찰구가 보이기 시작했다. 역 안에 있는 커다란 시계는 11시 10분을 가리키고 있었다.

출발까지는 조금 시간이 남아 있었기에, 고베에서 출발했을 때처럼 주스 두 병과 도시락을 구입했다. 어쩐지 켄타를 처음 봤을 때 받았던 수상쩍은 시선이 떠올랐다. 나도 모르게 웃음이 흘러나왔다.

그때는 켄타에게 이렇게나 구원받을 거라고는 상상도 하지 못했는데……

짐을 다시 고쳐 메고 나아가다가 걸음을 멈추었다.

"아아……."

그 말과 함께 자연스럽게 흘러나오는 미소.

개찰구 앞에, 주변 사람들의 시선은 아랑곳하지 않고 울고 있는 사람이 보였다. 그는 잔뜩 일그러진 얼굴로 소리를 지르며 울고 있었다. 있는 그대로의 감정을 숨기지 않고서.

내 친구, 나의 소중한 친구.

가슴이 떨리며 뜨거워졌다.

"켄타."

그렇게 부르는 내 뺨 위에도 눈물이 흐르고 있었다.

괜찮아, 켄타. 괜찮아. 우리 다시 함께 위도를 넘어가자.

북상증후군
© 2024, 이누준

초판 인쇄 | 2024년 4월 15일
초판 발행 | 2024년 4월 25일

지 은 이 | 이누준
옮 긴 이 | 전성은
펴 낸 이 | 서장혁
편　　집 | 성유경, 원수연
디 자 인 | 이새봄

펴 낸 곳 | 토마토출판사
주　　소 | 서울시 마포구 양화로161 케이스퀘어 727호
T E L | 1544-5383
홈페이지 | www.tomato4u.com
E-mail | story@tomato4u.com
등　　록 | 2012. 1. 11.
I S B N | 979-11-92603-57-5 (03830)